오빈리 일기

오빈리 일기

1판 1쇄 인쇄	2010년 4월 20일
1판 1쇄 발행	2010년 4월 26일
지은이	박용하
펴낸이	김진수
펴낸곳	사문난적
편집	하지순
영업	임동건
기획위원	함성호 강정 곽재은 김창조 민병직 엄광현 이수철 이은정 이진명
출판등록	2008년 2월 29일 제 313-2008-00041호
주소	서울시 마포구 상수동 94-1번지 102호
전화	편집 02-324-5342, 영업 02-324-5358
팩스	02-324-5388

ⓒ 박용하, 2010

ISBN 978-89-94122-14-4   03810

오빈리
일기

박용하 지음

사문난적

없는 게 없다
인간에게는

죽임이 있고
죽음이 있다

자서

서울과 수도권에서 10년 견디다 2001년 2월, 경기도의 한 시골로 이주했다. 백여 호쯤 되는 마을이었는데 원주민과 외지인이 기름과 물처럼 섞여 있었다. 말이 시골이지 인심이 고약했다. 지독히 배타적이면서 함부로 간섭하려 들었다. 자신의 이익 앞에선 쭐레쭐레 꼬리를 치며 간사하게 굴었다. 그곳에서 7년 6개월을 견뎠다. 떠나오니 기분이 더 더러웠다.

거기만 그렇겠는가. 한국 사회는 냉혈 사회고 돈밖에 모르는 사회다. 시민 사회 이전의 사회고 이웃이 외국인이고 이웃집이 타국인 사회다. 그런 세상의 뻔뻔하고 뻔한 말 때문에 나는 괴로웠고 그런 세상의 공허하고 허망한 말을 감당할 수 없는 내 말 때문에 더 괴로웠다.

2008년 가을, 지금 살고 있는 오빈리(梧濱里)로 들어왔다. 이곳도 지난번 마을과 별다르지 않을 거라 생각해 아예 처음부터 선을 긋고 지내려 작심했다. 그러나 사람들은 배타적이지 않았고 텃세 부리지 않았다. '너 같은 한량 하나 못 받아주겠냐' 그런 표정을 했다. 환갑 넘긴 이웃집 어르신은 먼저 통성명하자며 선뜻 손을 내밀었고 언덕배기 묵정밭 3백50평도 조건 없이 부쳐 먹으라고 선선히 내놓으셨다. 고구마, 고추, 호박, 참외, 오이, 옥수수, 토마토, 시금치 심고… 풀 베고 풀 뽑는 날들이 시작됐다.

흙을 만지며 사는 삶은, 글 쓰는 삶과는 다른 희열을 내게 주었다.

하지만 지난날 더러웠던 기억이 수시로 일어나 지금의 나를 괴롭혔다. 과거를 반팔 티 벗듯 훌훌 벗어버릴 수야 없겠지만 과거에 너무 끌려다니지는 말아야 했다. 과거를 상기하고 미래를 기억하되 지금 이 순간을 망치지 말아야 했다. 무엇보다 지금 이 순간을 살아야 했고 누려야 했다. 지금 이 순간만한 역사적인 순간이 있을 수 없고 지금 이 순간만한 영원이 내 생에 있을 수 없기 때문이었다.

그러나 나는 그렇게 살지 못했다. 아주 가끔 행복했고 자주 화에 시달렸다. 끓어오르는 분노와 증오심을 다스리지 못해 자주 괴로웠다. 어떨 땐 참담했다.

그럴 때마다 글을 쓰면서 삶의 열기를 지탱하려 했으나 그것도 여의치 않았다.

오빈리 앞쪽으로 10만 평의 너른 들이 펼쳐져 있고 그 한곳에 이 들을 적시는 오빈저수지가 자리하고 있다. 그 뒤로 용문산 백운봉 (940미터)이 이 들과 이 들 너머 강과 그 건너 산과 계곡들을 굽어보고 있다. 나는 이 들판 사이로 난 농로를 수시로 걷거나 뛰면서 지냈다. 저수지 둑방에 서서 내가 사는 마을과 들판을 자주 품었다. 나는 인간을 그리워하면서도 경원(敬遠)했다. 나는 내 불순한 마음을 지배하려 했으나 자주 지배당했다. 시를 쓰고 싶었으나 뜻대로 되지 않았다. 세상을 쓰고 싶었으나 역시 되지 않았다. 그래도 몇 줄의 시를 썼다. 쓰려고 했다. 이사 온 지 두 달 만에 일기를 써야겠다는 생각이 불쑥 올라왔고 딱 1년만 해보자 다짐했다. 이 책은 그 1년간의 기록이다.

다시 오빈리에 봄이 왔다. 수만 송이 꽃이 터졌다. 늘 그렇듯이 꽃의 시절은 짧고 잎의 시절은 길 것이다. 나는 미친년처럼 이 봄을 만끽할 것이다.

내 앞에는 내가 가보지 못한 두 개의 길이 있다. 하나는 인간을 용서하는 길이고 또 하나는 인간을 사랑하는 길이다.

잊지 마라.
인간의 길은 멀고도 멀고 짐승의 길은 가깝고도 가깝다는 것을.

2010년 봄 오빈리에서

차례

2 0 0 8 년

11월

은행잎 한 조각 떨어져도 가을빛이 줄거늘
수만 잎 떨어지니 이 쓸쓸함 어이 견디리

이사 온 지 두 달이 흘렀다. 9월 7일 이 마을로 들어왔다. 행정구역으론 양평읍이지만 시골이다. 시골 인심이 남아 있을까. 남아 있지 않다면 아예 서로 모른 척하고 지내는 게 낫다. 놀랍게도 시골 인심이 남아 있는 동네다. 길가에 박혀 있는 돌 하나도 그 돌의 유구한 역사를 생각하면 가슴 저리는데 하물며 한 마을을 이루고 살았던 사람들, 살고 있는 사람들의 역사는 또 어떻겠는가.

오빈리에 가을빛이 물들었다. 사람들이 그립다. 오전 10시, 오빈리 들판(논) 사이로 난 농로를 뛰고 걸었다. 벼 가을걷이가 끝난 논두렁에서 콩 수확 하는 농부를 만났다. 말 한 마디 건네보고 싶었지만 그러지 못했다. 마흔여섯 해의 가을이 깊어만 간다. 가을은 다시 또 오겠지만 이 가을은 영영 다시 오지 않겠지. 삶은 그처럼 절박하다. 글을 쓰면서 삶의 열기를 지탱하는 수밖에 없다.

아침부터 성욕이 들끓었다. 식욕과 육욕 위에 세워진 인간이라는 왕국. 끔찍하고 황홀하다.

어제 춘천 갔다 오늘 왔다. 날씨가 덜 추워서인지 가을이 많이 남아 있었다. 맑은 날이었고 은행잎들이 바람에 실려 쏟아져 내리고 있었다. 두보의 시 〈곡강(曲江)〉에 기대 이 가을날을 노래하면 ―

　은행잎 한 조각 떨어져도 가을빛이 줄거늘
　수만 잎 떨어지니 이 쓸쓸함 어이 견디리

거실 한구석, 쟁반 위에 노란 감이 환하다. 까닭인즉, 춘천 가 있던 어제 우리 뒷집 박씨 아저씨가 들고 왔단다. 연시가 주렁주렁 달린 감을 가지째. 며칠 전 황태 5마리를 보냈다.

시집 읽기 싫다. 아니다. 전율이 일어나는 시집을 읽고 싶다. 알베
르 카뮈의 《여행일기》를 몇 줄 읽었다. 니코스 카잔차키스의 《영혼
의 자서전》을 몇 장 읽었다. 오늘 아침 추위가 닥쳤다. 오후에는 오
빈리 들판을 1시간 걸었다. 글을 쓸 수 없으면 걷기라도 해야 한다.
어머니와 통화: "아내와 싸우지 말고 즐겁게 살거라!"

첫눈이 내렸다. 점심 무렵 오빈리 빈 들판을 한 바퀴 돌았다. 바람
이 찼다. 신문에 실린 모 출판사의 시집 광고 문구가 요란하다. 대
형 출판사의 신간 과장 광고는 어제오늘의 일이 아니지만 시집까지
그러니 씁쓸하다. 이 씁쓸함은 어디서 오는 걸까.

어제 속초에 갔다 오늘 저녁에 왔다. 시 쓰는 창균, 승태와 소설

쓰는 도연, 작곡하는 명원 형이랑 속초항에서 양미리와 도루묵 구워 먹으며 소주 마셨다. 노래방에 가서 노래 몇 곡 하고 오늘 개업하는 카페 '소설' 에 가서 음악 들으며 취했다. 카페 주인은 처음 보는 사람인데, 예전에 '새들은 페루에 가서 죽다' 라는 카페를 했다고 한다. 카페 안에는 안드레이 타르코프스키의 《봉인된 시간》, 모리스 블랑쇼의 《문학의 공간》, 헨리 데이비드 소로의 《소로우의 노래》, 이성복의 시집이 눈에 띄었다. 속초항에서 양미리 4백 마리와 도루묵 40마리를 사왔다. 양미리 2백30마리는 이웃 분들께 갖다 드렸다.

2 3 일   일 요 일

어제 갖다 드린 양미리 잘 먹었다고 최낙현(64) 어르신이 직접 기른 배추로 담근 김치 한 통을 갖고 오셨다. 내 입맛에 맞는 김치였다. 오후에는 딸과 함께 오빈저수지를 산책했다. 시를 쓴 지 오래됐다.

2 4 일   월 요 일

뒷집 박씨 아저씨가 갖다준 연시를 하나 둘 곶감 빼먹듯 했더니 쟁반 위에 9개가 남았다. 행복하다. 속초 카페 '소설' 에서 갖고 온 단호박을 쪄 먹었다. 행복하다. 식탁과 침실과 마당에서 행복하지 못하면 어디 가서 행복을 구하랴. 저녁에 미국 시인 실비아 플라스 (1932~1963)의 일기를 읽었다. 그녀는 내가 태어나던 해에 자살했다. 일기의 한 대목.

···이성이라는 유기체가 나의 사상을 이해하고 본능적 감각을 고양시켜 주길 갈망하면서도, 대부분의 미국인 남자들이 생각하는 여성이란 기껏 해야 둥근 젖가슴 두 개가 있고 편리하게도 질이라는 구멍 하나가 뚫려 있는 채색된 인형 같은 존재로, 어여쁜 머릿속엔 스테이크로 저녁 식사를 준비하고 9시에서 5시까지의 일상적 업무를 힘겹게 마친 남자들을 침대에서 위로하는 것 말고는 아무 생각도 없어야 한다는 사실 또한 이해하게 되고··· (김선형 옮김)

집 주위의 마른 풀, 마른 나뭇가지 모아 태웠다. 이웃집에서 술 한 잔 하자기에 낮부터 소주 먹었다. 오후에 춘천서 한승태 시인이 와서 또 소주 먹었다. 밤 10시 이웃집 아주머니가 지금 담근 거라며 김치를 갖고 왔다.

아침부터 비가 왔다. 11월 늦비. 사람이 미치게 그립고 사람이 미치게 뵈기 싫다. 이 진퇴양난에서 헤어나지 못하리라.

대낮부터 술에 흠뻑 젖었다.

또 낮부터 술. 퍼졌다.

이틀 연짱 술 먹은 탓인지 하루 종일 힘이 없었다. 저녁에 규은이 (초등학교 5학년) 수학 공부 도와주는데 대뜸 날아든 딸아이의 질문에 할 말이 없었다. "근데, 아빠! 사다리꼴 넓이는 왜 구해야 하는 거요?"

간밤에 눈이 2~3센티미터 왔다.
아침에 누군가 마을길을 쓸고 갔다.
빗자루 자국을 따라가 보니
우리 뒷집 박씨 아저씨 집으로 이어졌다.

국민을 위한 나라는 없다

사익을 위한 나라는 있어도
국익을 위한 나라는 없다

거짓말을 위한 나라는 있어도
양심을 위한 나라는 없다

예나 이제나 있는 놈들이 더하고
나라 말아먹는 최대의 도적은 왕이다

백성을 섬기는 왕이나
백성을 위한 나라는 없다

아무리 생쇼를 해도

서민을 위한 **나라는 없다**

시를 쓰지 못하고 있다. 아니다. 시가 내 몸을 통해 써지지 않고
있다. 이 지리멸렬함. 이 동어반복. 이 새로울 것 없는 인생. 전부,
전부, 전부를 걸어라!

지난밤 티브이 앞에서 깜빡 잠들었다. 깨니 밤 1시 반. 더 잘까 하
다 책상 앞에 앉는다. 내가 구원받을 곳은 책상 위다. 읽다 밀쳐둔
실비아 플라스의 일기를 읽는다. 일기가 사적인 글이라고 생각하는
건 순진한 생각이다. 일기처럼 정치적인 글도 없다. 모든 글은 정치
적이고 글을 쓰는 행위 자체가 이미 정치적이다. 정치적이지 않고
사회적이지 않은 글쓰기란 게 가능할까. 오전 4시, 신문이 오고 앞
집 개가 짖는다. 세 마리인데 작다. 작은 개들은 잘 짖는다. 큰 개들
은 짖어도 몇 번 짖고 만다. 이 마을을 산보하다 보면 여러 집의 여
러 개들을 보게 되는데 어떤 개는 쓱 쳐다보기만 할 뿐, 아예 어떨

땐 '넌 임마, 내 관심 밖이야' 마치 외면하다시피 하며 딴청을 핀다. 새벽 5시 20분 담배 피러 현관문을 여니 비가 온다. 그 빗속에 닭 우는 소리 간간하다. 그리고 카뮈의 《여행일기》를 읽는다.

> …그리고 어떤 정적의 느낌이, 벅찬 우수의 감정이 그때 물에서 솟구쳐 오른다. 나는 언제나 모든 것을 바다 위에서 진정시킬 수 있었다. 이 무한한 고독이 지금은 내 마음을 느긋하게 해준다. 비록 이 바다가 오늘은 이 세상의 모든 눈물을 다 출렁이게 하고 있는 듯한 인상이지만. 나는 내 선실로 되돌아와서 지금 이 글을 쓴다―저녁마다 그렇게 하고 싶다. 내면적인 것은 아무것도 쓰지 말고, 그날 있었던 사건들만 어느 것 하나 잊지 말고 다 적어볼 생각이다. (김화영 옮김)

아무 일도 일어나지 않은 것 같은 오늘 하루에도 얼마나 많은 일과 사건들이 생의 뒤쪽으로 가물거리며 사라지는 것인지. 비와 바다를 늘 머리맡에 두고 살던 날의 나는 어디로 흘러간 것인지.

6 일   토 요 일

소란스러워 깨어 보니 오전 3시 반. 규은(열한 살)이가 첫 생리를 했다. 침대 커버며 이불이며 껴안고 자는 베개에까지 피가 묻어 있다.

1997년 4월, 경상도 여자와 결혼하자는 한 마디 말 없이 결혼했다. 꽃 사들고 반지 들고 청혼하는 짓은 내 생리와는 멀었다. 결혼 6개월 만에 다니던 직장에서 쫓겨났다. IMF 터지기 직전이었다. 인천 사는 동생이 백수가 된 형에게 노트북을 사들고 왔다. 그때 돈으로 2백이 넘었다. 그 노트북을 올 봄까지 썼다. 동생이 질린다며 짝짝짝 박수를 쳤다. 이듬해 3월 딸이 태어났다. 어머니 이름 최순규의 '규'와 조카 재은이의 '은'을 살려 규은(奎恩)이라 아내와 함께 지었다. 1998년 8개월간 모 악덕 출판사에서 우유값 벌었다. 어머니가 와서 한 학기 동안 딸 키웠다(우리는 대체 언제까지 어머니를 부려먹기만 할 것인가). 가을엔 이웃 아주머니가 키웠다. 눈물 나게 잘 키웠다. 그때 그 여인이 찍어준 비디오테이프가 있다. 출판사 그만두고 12월 들어 집에 들어앉았다. 딸 기저귀 갈고 우유 먹이고 설거지하고 방 닦고… 날들이 시작됐다. 전화에 대고 어머니가 울면서 했던 말: "니가 밖에 나가서 돈 벌어 와야 니 마누라한테 대접받고 살 텐데…." 날들이 가면서 불쑥불쑥 속에서 천불이 올라왔다. 야밤에 속초로 날랐다. 야밤에 강릉으로 날랐다. 야밤에 춘천으로 튀었다. 오래, 가 있을 데가 없었다. 화병이 뭔지 알게 됐다. 밥하고 빨래하고 그렇게 10년이 갔다. 그림 그리기 좋아하고 글 쓰는 거 좋아하고 만화 그리는 거 좋아하는 내 딸. 수학 공부, 과학 공부, 사회 공부 끔찍이 싫어하는 내 딸. 불량 주부 아빠 밑에서 씩씩하게 잘 커서 기쁘다. 보아(BOA)나 일본 여가수들의 노래를 뭐가 그리 흥겨운지 불러 젖힐 땐 더 그렇다.

눈발 찔끔 날리다. 지난번 속초에서 사온 도루묵 조려 먹다. 양미리 구워 먹다.

간만에 〈돈〉이라는 시를 한 편 썼다. 맘에 들었다. 며칠 지나고 다시 봐도 맘에 들까. 간밤에 간간이 내리던 눈은 비로 바뀌어 있다. 으스스하다. 나도 나이 들어가고 있다. 점심 무렵 오빈리 들판을 걸었다. 나는 지금까지 너무 많은 것들을 받고 살아왔다. 어처구니없게도 내가 내줄 건 물기 없는 지푸라기 같은 시 몇 줄뿐. 저녁에《다산서간정선》몇 장 읽었다.

김수영 시인의 말("우리는 아직도 문학 이전에 있다")을 빌린다면 우리는 아직도 정치 이전에 있다. 우리는 아직도 시민 이전에 있다. 우리는 아직도 인간 이전에 있다.

되도록 외출을 삼가고 집에 박혀 한 줄 한 줄 글을 쓰기로 한다.
벌써 인생을 많이 까먹고 낭비했다. 정(精)과 성(誠)을 다해 글을 써
야 한다.

엊저녁 술 생각이 처들어왔다. 참았다. 금주 12일째. 간밤에 오락
가락 겨울비. 포근한 날씨. 오전에 오빈리 들판을 걸었다. 걷고 와
《백서노자》 18장(왕필본 55장), 19장(왕필본 56장) 읽었다. 《노자》
는 옥시모론(모순어법)의 천국과 지옥.

> 半部《論語》治天下 《논어》 반 권이면 천하를 다스릴 수 있다
> 半部《老子》革天下 《노자》 반 권이면 천하를 바꿀 수 있다
> ―왕명(王明)

오빈리 들판과 오빈저수지를 걸었다 뛰었다 걸었다. 중천에 해
있었으나 햇빛은 매가리가 없는 날씨였다.

대구 처형이 김장 김치를 택배로 보내왔다. 어머님이 늙으셔서 처
갓집 신세를 지고 있다. 땅에 묻으려 뜰 한쪽을 팠다. 겨울잠 자려던
개구리를 그만 깨웠다. 다시 한 곳에 재웠다. 내년 봄엔 뜰에 나무를
심을 생각이다. 감나무, 벚나무, 목련, 마로니에, 앵두나무, 라일락
심을 생각만 해도 기쁘다. 살구나무도 심었으면 좋으련만 자리가 마
땅찮다. 나무 심을 자리에 미리 거름 주려 땅을 팠다. 땅을 파면 콘
크리트 더미, 시멘트 벽돌, 스티로폼, 깡통, 비닐 같은 게 어김없이
나온다. 지난번 살던 집 마당을 팔 때도 그랬다. 남한 땅 곳곳에 파
묻혀 있을 쓰레기들. 인간들아, 나는 이렇게 말할 수밖에 없는 인간
이다. "지구에 인간 같은 쓰레기는 없다. 지구에 있는 동물 중 오직 인간만이
쓰레기를 배출한다." 문명이란 이름의 쓰레기. 누구도 이 문명의 굴레
에서 쉬이 벗어나지 못하리. 문명 비판은 곧 자아 비판. 지구 문명의 숙
제: "이 쓰레기 어떻게 하지?" 저녁때 오빈리 들판을 걸었다. 폴란드 시
인 비스와바 쉼보르스카 시선집 《끝과 시작》 읽었다.

지난겨울 여동생이 했던 말: "어머, 우리 오빠도 배가 다 나오네!" 늦
은 밤 일할 때가 많다. 그러다 보니 자꾸 뭘 먹게 된다. 그래도 그렇

지, 내 배때기에 살 붙이고 다니는 나, 내가 그 꼴 못 보지. 김경주 시집 《기담》 읽었다. 요즘 시인들은 거개가 말이 많다. 이 말 많은 막말의 시대에 왜 시인들까지 그렇게 말이 많은 걸까. 나도 한때 말깨나 퍼부어대던 시인이었지.

겨울비. 오빈리 들판과 오빈저수지를 한 바퀴 돌았다. 오후에 누가 문을 두드렸다. 나가봤더니 봉사활동 나온 젊은 자매가 화장실 좀 쓸 수 없냐기에 현관문을 활짝 열었다. 여기가 시골은 시골인가 보다. 하나 마나 한 얘기지만 "에미, 애비보다 예수, 부처보다 밥 먹는 거, 화장실 가는 거, 그게 훨 더 급하고 중한 거지요" 했더니 그 자매 활짝 웃었다.

나도 거짓말을 하고 산다. 살았다. 그것을 의식하는〔의식하게 되는〕 나의 행동은 불편한 것이지만, 그래도 버릴 수 없는 건 이슬만한 나의 양심이다. 나도 나의 결벽을 저주하는 시간이 있고 나의 거짓말에 관대해지려는 습성이 있다.

지난밤 자정 무렵 전화벨이 울리고… 아내 들어왔냐고… (집 근처 큰길 옆에 내려달라고 했던 모양인데)… 잘 들어갔는지 걱정이 돼서 전화를 했단다. 랜턴 들고 부랴부랴 뛰어나가 보니 큰길 옆 길바닥에 주저앉아 있었다. 만취 상태였다… 겨우 일으켜 끌다시피 해 방에다 재웠다. 다시 확인 전화벨이 울리고… (강추위가 몰려오는 밤이었다)… 이 추운 겨울날 길바닥에 퍼지면 곧장 이승과 작별이다. 그런 생각 하니 모골이 송연했다. 밤새 겨울비… 자다 깨다 밤이 갔다. 청소하고 빨래하고 설거지하니 오전이 다 갔다. 오빈리 들판을 한 바퀴 돌고 와《백서노자》 23장(왕필본 60장)을 읽었다.

治大國 若烹小鮮
큰 나라를 다스릴 때는 작은 생선 요리하듯 해라

나라를 다스려? 너그들은 딴짓거리 하지 말고 펀드나 사고 주식 투자나 해라. 나라 통치한답시고 온 국토 파헤치고 거덜 내지 말고… 용문산 백운봉이 흰 눈에 덮였다. 설산은 보는 것만으로도 기분이 좋다. 술 담배 안 하니 몸이 반란을 일으키려 한다. 이 반란을 제압할 수 있을까. 그치만 그럭저럭 견딜 만하다.

간밤에 눈이 2~3센티미터 왔다. 아침에 누군가 마을길을 쓸고 갔다. 빗자루 자국을 따라가 보니 우리 뒷집 박씨 아저씨 집으로 이어졌다. 저녁엔 노르웨이 가수 시그바르트 닥스란(Sigvart Dagsland)의 《Det Er Makt I De Foldede Hender》 들었다.

세금 내다.

양평가스(만 2천원), 케이블티브이(6천6백원), 한겨레신문 구독료 11월·12월(3만원), 자동차세(11만 6천7백40원), 심야전기(24만 6천원), 전기세(3만 5천백80원), 하수도 사용료(천50원). 합: 44만 7천5백70원.

주문한 책 오다.

《소멸》(토마스 베른하르트)

《탤리지》(이종환)

《ASIA》 겨울호

세금 내고 와서 오빈리 들판을 한 바퀴 걸었다. 오빈저수지에 얼음이 끼었다. 《자본주의 역사 바로 알기》(리오 휴버먼 지음) 몇 장 읽었다. 한 줄의 글도 못 쓰다.

강릉에 갔다. 해가 가기 전에 얼굴 한번 보자며 시인 심재상, 시인 이홍섭, 평론하는 정의진, 화가 이호영, 현빈 선생님과 안목 해성횟집에서 만났다. 한 달 만에 술을 먹어서인지 빨리 취했다. 노래방 가서 노래하고 잤다.

쓸쓸했다. 고향 땅 호텔에서 혼자 깨어나니 더 쓸쓸했다. 같이 밥 먹을 사람이 없었다. 고속버스 터미널에서 1시간 기다려 버스 타고 대관령을 넘었다.

계간 《ASIA》(제11호) 겨울호에 실린 터키 작가 오르한 파묵의 단

편소설 〈창밖을 보다〉 봤다.

계간 시전문지 《시평》 2009년 봄호 '60년대생 시인 특집' 란에 실을 시 1편 보내다.

　　돈

　　나는 어느덧 세상을 믿지 않는 나이가 되었고

　　이익 없이는 아무도 오지 않는 사람이 되었고
　　이익 없이는 아무도 가지 않는 사람이 되었다

　　부모형제도 계산 따라 움직이고
　　마누라도 친구도 계산 따로 움직이는 사람이 되었다

　　나는 그게 싫었지만 내색할 수 없는 사람이 되었고
　　너 없이는 하루가 움직이지 않았고
　　개미 한 마리 얼씬거리지 않는 사람이 되었다

내일이면 마흔일곱이 된다. 쉰을 향해 가는 내 인생. 가망 없는 대한민국에서 나이만 한 살 더 썼다.

나는 죽음이 언제나 내 목을 조르는 것을 느낀다.

내가 어떤 행동을 하든 죽음은 나를 따라다닌다.

—몽테뉴

2 0 0 9 년

1월

꽝꽝 언 오빈저수지에 흰 눈이 덮였다.
딸과 함께 산책했다.
흰 눈 위 새 발자국, 개 발자국 살아 있었다.

바늘이 혈관 속을 돌아다니는 느낌. 총알이 몸을 뚫고 뒤로 나가는 느낌. 허공을 딛고 있는 느낌. 도끼날이 얼굴을 향해 달려오는 느낌. 물이 폐로 들어가는 느낌. 피할 수 없는 느낌. 한 느낌이 사라지면 재차 돋아나는 느낌. 병든 느낌. 병들 느낌. 죽은 느낌. 죽을 느낌… 이 숱한 느낌들. 느낌의 천방지축. 느낌의 백팔번뇌. 왜 나는 이 느낌들을 반팔 티 벗듯 벗어던지지 못하는가. 대체 내 속에 무슨 사연이 있는 걸까. 대체 내게 무슨 장애가 있는 걸까. 대체 내 뇌에 무슨 사연이 있는 걸까. 오늘 하루에도 얼마나 많은 두려움과 공포, 우울과 무기력, 울분과 분노가 명멸했는가.

딸과 함께 오빈리를 한 바퀴 돌았다. 오랜만이었다. 저녁에 아내가 끓여준 떡국 먹었다. 역시 오랜만이었다.

도정일의 《시장전체주의와 문명의 야만》을 읽다.

뒷집 배씨 아주머니가 고구마, 무, 우거지를 가지고 오셨다.

앞으로(우선) 낼 책:

　　첫 동시집 《여름부터 알고 지낸 잉어 여덟 마리》(가제)

　　첫 산문집 《왜 두 번 다시 읽게 되지 않는가》(가제)

　　첫 아포리즘 《시선과 호흡》(가제)

　　다섯 번째 시집 《한 남자》(가제)

추운 날씨였다. 오빈리 일대와 오빈저수지를 한 바퀴 걸었다. 오
빈리 들판을 걸으면 용문산 백운봉(940미터)이 시원스레 시야에 들

어온다. 18년 유배 끝내고 돌아온 다산은 1819년 〈등용문백운봉(登
龍門白雲峯)〉을 썼다. 3, 4년 전 가을날 한 번 올랐었다. 오늘은 새
가 많은 날이었다. 맹금류도 눈에 띄었다. 비둘기와 참새와 까마귀
와 까치도 열심히 날았다. 힘차게 나는 새들을 보니 우울한 기분도
같이 날아올랐다. 저녁에 딸아이 수학 공부 도와줬다.

마흔셋(2005년)에 《난중일기》를 처음 읽었다. 충격이었다. 그 몇
대목.

을미년(1595년)

8월 27일(정묘): 맑았다. 군사 5,480명에게 음식을 먹였다…

병신년(1596년)

9월 19일(임자): 비바람이 크게 쳤다… 오늘 아침에 광주목사가 와서 아
침을 같이 먹었다. 〔먼저 술이 시작되어, 밥도 먹기 전에 취해버렸다. 광
주목사의 별실에 들어가 종일 술에 취했다.〕… 〔최씨의 딸 귀지(貴之)가
와서 잤다.〕

정유년(1597년)

4월 16일(병자): 궂은비가 내렸다. 배를 끌어다 중방포에 옮겨 대고, 영구를 상여에 싣고 집으로 돌아왔다. 마을을 바라보며 찢어지는 아픔을 어찌 다 말하랴. 집에 이르러 빈소를 차렸다. 비는 크게 쏟아지는 데다 남으로 가는 길마저 또한 급박해서 부르짖으며 울었다. 빨리 죽기만을 기다릴 뿐이다. 천안군수가 돌아갔다.

12월 12일(무진): 맑았다.

12월 13일(기사): 이따금 눈이 왔다.

12월 14일(경오): 맑았다.

12월 15일(신미): 맑았다.

12월 16일(임신): 맑다가 늦게 눈이 왔다.

12월 17일(계유): 눈과 바람이 섞여 추웠다. 조카 해를 작별했다.

12월 18일(갑술): 눈이 왔다.

12월 19일(을해): 눈이 종일 내렸다.

(허경진 옮김)

13일 화요일

어제는 커피를 4잔 마셨다. 그저께와 그그저께는 5, 6잔 아니면

7잔 마셨을 것이다. 오늘도 4잔 마셨다. 줄여야겠다. 오후엔 오빈리 들판을 한 바퀴 걸었다. 몇 해 전부터 겨울이 오면 몸이 근질거렸다. 피부건조증이란다. 나이 들어가고 있다. 늙는 건 두렵지 않다. 추하게 늙을까 두렵다. 사심과 사욕을 버리지 않으면 추하게 늙을 수밖에 없을 것이다.

1 4 일   수 요 일

×××노예들
××노예들
×××노예들
…노예들
…노예들
…노예들
…………

1 5 일   목 요 일

3일 만에 오빈리 들판을 걸었다. 춥고 맑은 날이었다. 용문산 백운봉이 오늘따라 더 가까웠다. 50여 마리의 까마귀 떼가 들판을 활공하니 기분이 상쾌했다. 아내와 딸과 나 셋이서 오랜만에 EBS 〈극한직업〉(동해바다 저인망 어선 어부들의 고기잡이)을 봤다.

간밤에 눈이 내렸다. 조용히 집에 있었다. 주문한 욕조가 왔다. 아내가 생미역을 사왔다. 이번 겨울 들어 처음으로 생미역을 초고추장에 찍어 먹었다. 맛이 그만이었다. 생미역을 날걸로 초고추장이나 막장에 찍어 먹는 게 일상이었던 날들이 있었다. 강릉서 살 때그랬다. 바다에서 갓 건져 올린 생미역은 늘 군침이 돌았다. 미역은질리거나 물리지 않았다.

꽝꽝 언 오빈저수지에 흰 눈이 덮였다. 딸과 함께 산책했다. 흰 눈위 새 발자국, 개 발자국 살아 있었다.

부끄럽고 또 부끄럽다.

밤 1시쯤 규은이가 깨어 내 방으로 왔다. "아빠, 잠이 안 와요!" 3시
까지 그림 그렸다. 나도 잠을 미루고 읽던 책, 토마스 베른하르트의
《소멸》을 다 읽었다. 4년 전엔 베른하르트의 《비트겐슈타인의 조
카》를 읽었다. 절판된 《옛 거장들》을 구해 읽어야겠다. 정오쯤 앰뷸
런스가 뒷집 옆에 서 있기에 알아본즉, 뒷집 아저씨가 조용히 세상
을 떴다. 일흔다섯이라 했다. 두 달 전, 마을 구판장에서 함께 술 먹
었다.

한 줄의 시도 써지지 않았다. 한 줄의 시도 쓸 수가 없었다.

내리자마자 흔적 없는 겨울바다 눈발처럼 인간은 누구나 끔찍이
도 지금 이 순간을 사는 동물이건만….

밤 2시 30분부터 하는 남자 핸드볼 세계선수권대회 스페인 전 보기 직전 잠이 들었다. 깨니 경기가 이미 끝났다. 오전 11시 재방송하기에 봤다. 강풍이 불었다. 추위가 몰려오고 있었다. 집 안에 가만히 있었다.

설 쇠러 강릉에 갔다. 3년 만이었다.

설날. 차례 지내기 전, 경포대 해수욕장에서 일출을 봤다. 사천 할아버지 산소에 가서 성묘했다. 어머님을 두고 오는 마음 착잡했다. 점심때 봉평에 들러 현대막국수집에서 막국수 먹었다. 형과 형수, 조카 재은이는 서울로 가고 바로 밑 남동생과 제수씨, 조카 둘, 막내 남동생은 오빈리에서 하루 자고 내일 아침 출발하기로 했다. 밤에 한 달 만에 술 먹었다.

오후에 아내와 딸과 함께 오빈리 들판을 산책했다. 셋이 함께 걷기는 지난해 9월 이사 온 후 처음 있는 일이었다. 강릉서 갖고 온 설음식을 잔뜩 먹어서인지 밤에 설사가 났다. EBS 설 특선영화 〈신데렐라 맨〉을 셋이서 함께 봤다.

知之者 不如好之者 好之者 不如樂之者

아는 사람은 좋아하는 사람만 못하고 좋아하는 사람은 즐거워하는 사람만 못하다

—《논어》

위 말을 생활 속에서 살 때도 있다. 하지만 그건 아주 적은 시간일 뿐, 대부분 망상 번뇌를 깔고 이고 하루를 보내지 않던가. 즐겁게 사는 게 복수하는 길이다. 그런데 어떻게 즐겁게 살 수 있단 말인가. 이 지옥에서.

이정주 시인이 시집 《홍등》을 보내왔다. 1990년대 초중반 서울서
밥 벌 때 가끔 봤었다. 그 시절 이정주 형은 ×××알로에 비서실에
근무했는데 알로에 비누를 가끔 건네주곤 했다. 비누의 질이 아주
좋았다. 그 당시 비누 하나에 6천원이라고 했던 것 같다. 시집 뒤에
실린 시작노트와 연보를 우선 읽었다. 연보의 두 대목.

1969년: 진주고등학교에 입학했다. 아버지는 하동군 노량국민학교의
교장이었다. 여름방학 어느 날, 나는 아버지와 함께 대도 분교에 다녀오
는 급수선 위에 서 있었다. 해가 지고 있었다. 아버지는 밀짚모자를 쓴 채
요사 부손의 하이쿠 몇 편을 읊고 번역해주셨다. 하이쿠를 들으며 나는
흐뭇했다. 내가 가려고 하던 문학의 길을 축복해주는 걸로 받아들였다.
하지만 그해 겨울, 내가 가려고 하던 길을 아버지는 탐탁찮게 생각하고
있다는 것을 알았다… 노량으로 가서 아버지를 만났으나 소득이 없었다.
"글 쓰는 친구들은… 무언가… 게으르고, 대차당하고… 그리고 국문과나
나오면 학교 선생밖에 더 하겠어?"

1980년대 전반: …친구 최시현 시인이 백혈병으로 타계했다. 그가 떠났
다는 소식에 내 가슴 한쪽, 쇄골과 견갑골이 무너지는 것 같았다. 친구들
과 선후배들이 시현의 시집 《은어의 시》를 엮어주었다.

연보를 읽으니 가슴이 먹먹하다. 웃음 좋던 사람. 그 시절 만나면 우리는 늘 술 먹었는데, 나만 휘청거렸던 것 같다. 시집 다 읽고 엽서 한 장 써야겠다.

강릉에 계신 어머님과 통화. 젖어 있는 목소리… 오빈리 들판을 걸었다. 포근한 날씨였다. 1월 31일 날씨인데 화사함이 묻어왔다. 1월 하늘이라고 하기엔 너무 맑고 투명했다. 손가락을 하늘에 집어 넣으면 아야— 소리칠 것 같은 날씨였다. 이대로 죽었으면 싶은 날씨였다.

터키의 유명한 풍자작가 아지즈 네신은 티브이에 나와
"터키 국민의 60퍼센트는 바보다"라는 말을 해 커다란 반향을 불러일으켰다.
이 파장이 도저히 누그러지지 않자 다시 티브이에 나와
"실은 92퍼센트라고 말하고 싶었다"라고 정정했다.
나 역시 한국 국민을 그렇게 말하고 싶을 때가 한두 번이 아니다.

피가 끓었다.

바람이 불지 않았다. 오빈리 들판 곳곳에서 논두렁을 태우고 있었다. 바람이 없으니 연기가 들판에 낮게 깔렸다. 처음 보는 희한한 광경이었다.

형수 기일. 10년 전 이맘때 몹시도 추웠었다. 다섯 살이던 조카는 벌써 중학교 2학년이다.

간만에 동시랍시고 한 편 썼다.

십 년

기차가 지나가네
버스가 지나가네
참새가 지나가네
자동차가 지나가네
빗방울이 지나가네
오토바이가 지나가네
다시 기차가 지나가네
다시 버스가 지나가네

나는 지나가는 거 보며 지내고
엄마는 오지 않네

규은이가 먼저 읽은 《나의 명원 화실》(이수지 글·그림)을 저자
의 표현처럼 '따끔따끔하게' 읽었다. 눈여겨보면 좋은 작가는 문학
판이든 그림판이든 많지는 않지만 늘 있다. 한 번 읽고 맘에 들면
그 작가의 나머지 책도 보고 싶은 건 수순. 책 뒤표지 날개에 있는

'이수지 그림책'에는 글자 없는 그림책 《파도》(근간)가 눈에 띈다. 파도를 어떻게 그렸을까. 어서 보고 싶다.

5 일　목 요 일

나는 매일 죽는다.

1 2 일　목 요 일

아침에 아내가 바빠 택시 불러 딸아이 학교 데려다주고 왔다. 오후에 택시 불러 다시 데리고왔다. 하루 종일 날이 흐렸다. 며칠 내내 축 처져 있었다. 글쓰기고 글 읽기고 다 귀찮았다. 딸에게 무슨 말인가를 하면 퉁명스럽게 대꾸하는 날이 늘었다.

1 3 일　금 요 일

하루 종일 분노가 들끓었다. 꽤 많은 비가 종일 왔다. 흙 속의 씨의 이마가 젖었을 것이다.

하루 종일 화가 끓었다 가라앉았다 반복했다.

인간 싫은 건 성인도 어쩌지 못하리라.

김수환 추기경 지다. 말 같은 말 하는 어른이 아쉬운 때, 말 같은 말 하던 어른이 가셨다. 말해야 할 때 침묵하는 것은 비겁한 짓이지만 말 하지 말아야 할 때 지껄이는 것도 비겁한 짓이다. 대한민국의 이름깨나 있 는 작자들 대부분이 이 비겁함을 깔고 앉아 있다. 어찌 된 건지 나 이 들어갈수록 나이 든 어른 중에 존경할 만한 인간이 자꾸 줄어드 는 이 느낌은 나만의 것일까. 그도 흠 있는 영혼이었을 것이다. 그 럼에도….

맑았다. 며칠 만인가. 오빈리 들판을 걸었다. 걸으니 살 것 같았다. 오빈저수지에는 살얼음이 끼었다. 살얼음 안 낀 곳엔 물결이 가지런했다. 한 떼의 새들이 대형을 이루었다. 자연의 흐름 속에 있을 때 나는 가장 빨리 마음의 평온을 누린다.

터키의 유명한 풍자작가 아지즈 네신은 티브이에 나와 "터키 국민의 60퍼센트는 바보다"라는 말을 해 커다란 반향을 불러일으켰다. 이 파장이 도저히 누그러지지 않자 다시 티브이에 나와 "실은 92퍼센트라고 말하고 싶었다"라고 정정했다. 나 역시 한국 국민을 그렇게 말하고 싶을 때가 한두 번이 아니다.

18일 수요일

아내는 규은이와(아내 친구와 친구 딸도 함께) 속초로 1박2일 여행 갔다. 오후에 오빈리 들판을 한 바퀴 걸었다. 맥주 생각이 올라왔다. 참기로 했다. 계간 《시평》 봄호가 왔다. 일본 시인 쓰보이 시게지(壺井繁治)에 관한 글을 유심히 봤다. 1박2일 동안 일하듯 시를 쓰기로 했다. 저녁에 양미리 3마리와 마른 김 2장 구워 배춧국과 김치 해서 밥 먹었다. 된장에 찍어 먹을 생미역만 있다면 더 바랄 게 없는 식단이다.

오전 4시 반에 잤다. 9시 45분에 깼다. 더 자지 못했다. 어제 저녁 구워 먹고 남은 양미리 조려서 먹었다. 몸이 무거웠다. 〈바다〉라는 시를 썼다. 그래도 시를 쓸 때 나는 행복한 사람.

바다

어떤 물도 그대는 마다하지 않는다
물의 왕이니까

어떤 피부를 가진 물이건
그대는 차별 없이 묵묵히 받아준다

말이 그렇지 그 어느 누가
그토록 낮은 곳에 있기를 원하겠는가

잘난 체하는 인간이라면—
낮은 곳은 겸손의 왕에게나 어울리지

지구의 가장 낮은 곳에서

수평과 결혼한 그대

그 수평에 종종 대형사고가 터지고

기름 덩어리가 둥둥 떠다니기도 하지

그 밑 깊은 곳엔 사연 모를

송장들이 우글우글하지

군데군데 고려청자도 숨쉬고

몇 백 년째 생기를 더하는 포도주도 있지

그대를 밑에 두고 뛰어내리는 자들도 있고

일가족을 싣고 달려드는 자들도 있지

그대는 다 받아준다네

그대보다 더 낮은 곳은 없기에

그대가 지구에는 또 하나 있지

바닥 없는 바다

그대의 찰거머리 단짝, 하늘 역시

차별 없이 이 지상을 다 받아들이지

어떤 굴곡도 마다하지 않지

그물의 왕이니까

대낮부터 캔맥주 8개 먹었다. 밤 9시 30분 아내와 딸이 왔다. 다시 마을 구판장에 가서 맥주 1600ml 한 통 사서 먹었다. 그래도 모자랐다. 캔맥주 3개 더 먹었다. 엘비스 프레슬리가 부르는 가스펠 송, 폴 사이먼의 〈Kathy's Song〉 계속 돌려가며 취했다. 맥주 사가지고 마을을 걷는데 내 이마에 눈발이 몇 점 닿았다. 상쾌했다. 잊기 어려운 물기였다.

오전 내내 퍼져 있었다. 황사가 쳐들어왔다. 나가지 않고 집에만 있었다.

오빈리 들판을 걸었다. 30마리 넘게 까마귀가 날았다. 저녁 내내 화가 끓었다. 규은이는 저녁에 서너 시간 음악 틀어놓고 노래 따라 불렀다. 나는 밤새도록 캔맥주 12개 먹었다.

오전 내내 잤다. 아내와 규은이는 장인어른 뵈러 대구에 갔다. 늙으셨고 투병 중이다. 무기력한 하루였다. 아무것도 하고 싶지 않았다.

부부 사이가 안 좋으면 그 집구석은 당장 지옥으로 변한다. 오빈리 저녁 들판의 한 줄기 흰 연기. 내 마음을 내 맘대로 다스릴 수 없다니 참으로 한탄스럽다. 어머니와 통화. 목까지 쳐올라온 어떤 말을 간신히 삼켰다. 어머니의 목소리를 들으니 함부로 말을 내뱉을 수가 없었다.

아내의 흰머리가 늘었다. 그걸 뒤에서 지켜보는 내 마음 한구석 무너진다. 좋은 여자 만나 살면서… 가슴이 미어진다. 오빈리 들판을 걸었다. 오빈저수지 얼음이 다 녹았다. 낚시꾼 두 명이 보였다. 봄이 오고 있었다. 오빈리에 봄이 오고 있었다.

또 하루가 갔다. 번뇌 망상이 끊이지 않았다.

오늘은 오빈리 들판을 걷지 않고 뛰었다. 앞으로 뛰는 양과 질을 늘릴 생각이다. 오늘 알게 된 사실―이 마을에 우체통이 없다는 것. 우편배달부를 통해 편지 1통, 엽서 1장을 부쳤다.

오빈리로 이사 와 산 지 반 년이 다 돼간다. 이웃집 최낙현 어르신 말씀처럼 이 마을은 외지인이라고 해서 텃세 부리지 않는다더니 실제 그랬다. 그 오빈리에 봄이 오고 있다. 이미 와 있다. 어떤 나무와 풀과 꽃이 이 마을을 밝히고 생기 나게 할지 생각만 해도 내 마음은 학생이 된다. 오늘 아침 배달된 〈한겨레신문〉 안에 알록달록한 게 보여 펼치니 피자 광고지 한 장이 들어 있다. 한 장일지라도 찌라시가 들어 있는 건 처음 봤다. 밤에는 'EBS 세계의 명화' 〈씨 인사이드〉(알레한드로 아메나바르 감독)를 봤다.

3월

오빈리 개울가 세 그루 산수유 이쁘다.
오빈저수지 수양버들 이쁘다.
논두렁 민들레 이쁘다.
둔덕의 무덤 이쁘다.
무덤 곁 측백나무 이쁘다.
점심 먹고 낮잠 즐기는 개들 이쁘다.
아담한 마늘밭 이쁘다.
겨우내 건딘 파밭 이쁘다.
눈 덮인 용문산 백운봉 이쁘다.
봄산이 설산이니 이쁘고말고다.
오빈리 들판에서 맞는 봄바람 이쁘다.
왜 이리 이쁜 것들 천지냐.
새싹 올라오는 뜰의 작약 이쁘다.
제비꽃 두 송이 이쁘다.
이 모든 대사건 앞에서 이쁜 것이 기쁜 것이다.
몇 년 만이냐.
이 행복한 날—.

밖으로 나돌아다녀 봐야 술밖에 더 먹겠나. 인간들 만나 봐야 감동할 일도 없고… 죽은 호랭이 가죽처럼 납작 엎드려 지내지 뭐. 천하를 다 받아줄 것 같다가도 바늘 하나 들일 수 없는 부부 사이. 알다가도 모를 부부 사이. 어머니가 어느 날 그러셨지. "니가 져라!"

점심때 규은이와 오빈리 마을길을 걸었다. 오빈저수지에 봄빛 젖은 물결이 찰랑이고 있었다. 그 물결에 부서져 반짝이는 햇살 보고 있으려니 잠시 딴 세상에 와 있는 것 같았다. 오후엔 바람이 셌다. 이웃집 창고 함석지붕 우그러지는 소리가 자주 왔다.

규은이 개학. 우유 먹이고 기저귀 갈던 날이 엊그제 같은데 벌써 초등학교 6학년이다. 아빠가 하는 말에 가끔 퉁명스럽게 대꾸하고 어떨 땐 자기 의견을 확실히 밝히기도 한다. 재작년이었던가. 규은이가 하던 말. "아빠. 술, 담배 끊으세요. 치매 걸리면 요양원 보냅니다!"
그러자 곁에 있던 아내가 하던 말. "요양원은 아무나 가나. 돈 있어야 가지!"

봄눈이 살짝 내렸다. 아침 먹고 설거지하고 빨래하고 청소하고
FM 틀었다. 림스키 코르사코프의 〈세헤라자데〉가 흘렀다. 눈발이
빗발로 바뀌더니 오후에 그쳤다. 압력 밥솥 패킹을 교체했다. 오빈
리 들판을 뛰었다. 농로가 미끄러웠다. 〈구름〉이란 시를 썼다.

구름

몽둥이로 패 죽이고 싶은 게 있고
총으로 쏴 죽이고 싶은 게 있다

그런가 하면 반드시 검으로
꾸—욱 찔러 죽이고 싶은 게 있다

악착같이 쥐어짜야 되는 게 있고

살살 달래야 하는 게 있다

야유해야 하는 게 있고
무시해야 하는 게 있다

공포를 조장하고 싶은 게 있고
미소를 지어 보내고 싶은 게 있다

그런가 하면 반드시 찾아가
무릎을 꿇고 용서를 구하고 싶은 게 있다

미친 척해야 하는 게 있고
모른 척해야 하는 게 있다

떨쳐버리려 할수록 더 달라붙는 악몽이 있고
아쉽지만 일쩍 끝나버린 일장춘몽이 있다

죽어도 두 번 볼 마음이 없는 게 있고
미워도 다시 한 번 볼 몸이 있다

두려움이 있고 살벌함이 있고 잔인함이 있고

살가움이 있고 반가움이 있고 다정함이 있다

피해망상이 있고

과대망상이 있다

없는 게 없다

인간에게는

죽임이 있고

죽음이 있다

《아버지 월급 콩알만 하네》(임길택 엮음) 읽었다. 사북 초등학교 64명 어린이 시를 묶은 동시집이다.

주인집의 아이들

5학년 이해남

우리가 과자 같은 것이 있으면

같이 노는 척하면서

과자를 빼앗아 먹는다.

그리고

지네들이 과자가 있으면

우리랑 같이 안 논다.

예나 이제나 있는 것들이 더하다. 있는 것들이 세금 좀 더 낸다고
팔꿈치에 무좀 생기는 것도 아니고… 위 시를 쓴 아이는 지금 어디
서 무얼 하며 살고 있을까.

5 일　목 요 일

규은이 생일. 지난 설 때 강릉서 사온 돌각미역으로 아내가 쇠고
기 미역국을 끓였다. 규은이는 생일선물로 닌텐도DS를 갖고 싶어
했다. 아내는 아내 친구 딸이 쓰던 닌텐도DS를 생일선물로 줬다. 오
후 내내 촉촉하게 봄비가 왔다.

오전에《노자》읽었다.

天下莫柔弱於水, 而攻堅强者, 莫之能勝, 以其無以易之.(왕필본 78장)
세상에 물보다 부드럽고 여린 것은 없지만 단단하고 강한 것을 이기는
데는 물만한 것이 없다. 무엇으로도 물을 대신할 수 없기 때문이다.

강풍이 부는 날이었다. 함석지붕 우그러지는 소리, 전선 윙윙거
리는 소리 사나웠다. 집 안에 있을까 하다 오빈리 들판을 걸었다.
몸이 휘청거렸다. 새들이 급하게 날았다. 아직도 나는 내가 너무 센
사람. 나는 많이 죽어야 하는 사람이다. 내가 죽어야 내가 산다. 용
문산 정상에 흰 눈이 있었다. 백운봉 위쪽엔 낮달이 있었다.

오빈리 들판을 뛰었다. 족히 3백 마리는 되어 보이는 까마귀들이
날았다. 보기 드문 광경이었다. 우체국을 사칭한 보이스 피싱 전화
가 왔다. 선거철이 다가오는지 여론조사 전화도 왔다.

아침부터 화가 끓었다. 그리스 여가수 사비나 야나투(Sabina Yannatou), 칼립소의 제왕 해리 벨라폰테(Harry Belafonte)의 노래를 CD, LP 돌려가며 맥주 14캔 먹고 퍼졌다.

대체 내가 할 수 있는 게 뭐람? 내가 나를 제압할 수 없다니! 오늘 하루도 내가 내 주인 노릇 못하고 살았다.

오빈리 들판을 뛰었다. 백여 마리가 넘는 까마귀들이 날았다. 내가 내 마음을 지배할 수 없었다.

대낮부터 캔맥주 12개 먹었다. 춘천 사는 선배 불러 유명산 넘어 설악으로 해서 홍천강 끼고 팔봉산 지나 춘천으로 갔다. 4월 말이면 끔찍이도 아름다운 길. 저녁에 또 술 먹었다. 후배 우종성 집에서 잤다.

힘든 몸 일으켜 버스 타고 오빈리로 왔다. 흐린 날씨였다. 심란했
다. 이렇게 살아선 안 되겠다 싶었다. 규은이가 '이웃집 아저씨가
아빠 찾는다'고 하기에 나가봤더니 최낙현 어르신이 소주 한잔 하
자신다. 어제 먹은 술 때문에 손사래를 쳤다. 밤에 비가 왔다.

오전 내내 비가 내렸다. 흙이 촉촉하게 젖었겠다. 전봇대 전깃줄
에 까마귀 떼가 앉아 있는 게 거실 유리창으로 보였다. 현관문 열고
나가 세어보니 3백 마리쯤 됐다. 한순간 날아오르자 이웃집 노파가
감탄하는 소리를 냈다. 저녁엔 센 바람이 불었다.

꽃샘추위가 왔다. 어제보다 더 많은 까마귀 떼가 전깃줄을 차지
하고 있었다. 얼추 5백 마리는 되어 보였다. 계간시지 《詩로 여는
세상》에 실린 이홍섭 시인의 '계간시평'을 읽었다. 계간시평이니
월평이니 이름깨나 있는 평론가의 시집 해설 안 읽기가 일쑤다. 이
홍섭 시인의 계간시평은 무슨 말인지 알아먹을 수 있는 시평이었

다. 사람들아, 부탁한다. 시도 알아먹을 수 있게 쓰고 철학도 문학평론도 알아먹을 수 있게 해라. 안 그럼 니 서랍 속에 넣고 니 혼자 꺼내 보든가. 이홍섭 시인이 고른 시 2편이 가슴을 친다.

어머닌 마음 씀씀이 큰 여자가 되라 했다. 남자 서넛하고도 맞먹는 훤칠한 여자가 되라고. 푸짐하게 주고는 받는 것은 잊어라 했다. 그것이 도량이라고, 살찐 들 같은 여자가 되라고, 남자 서넛 그 마음 합쳐도 달걀 한 개만 하겠냐? 남자 그것들 속은 헛것이니라, 있다 해도 눈곱만한기라 니가 주거라 니가 그 남자의 어른이 되거라 니가 위에 서거라 니가 뜨뜻하게 품어라고. 니 자궁에 힘 한 번 주면 저 산인들 못 품어 주겄냐 헤프게 주고 맘 한쪽 못 받는 니 싯누런 꼬락서니 보니 웃저고리 벗으면 핏물 번졌겠다 에이그그 저 변변치 못한 거!
　　―신달자, 〈씀씀이〉 전문

경제가 어렵다고 하는데 피부에 와 닿지 않는다 이유는 간단하다 경제적으로 살아본 적이 없었으니까 짜장면 세 그릇 값에 하루 노동을 팔아도 보았고 며칠 굶다 배가 고파서 음료수공장 담을 넘어 끌박스에 손도 대봤으니까 IMF 때는 월급도 떼여봤고 노숙도 해봤으니까 출판사를 하면서도 처음부터 잘 나가는 책이 없었으니까 경제가 어렵다고 하는데 솔직히 웃음이 나는 것은 처갓집에서 보낸 쌀도 아직 있고 어제도 좋은 친구를 만나 한잔 얻어 마신 탓도 있지만 더 솔직히 말하자면 나의 경제를 걱정하지 않는 국가경제가 나의 경제를 고민하지 않는 세계경제가 무너지고 있다는 것이 왠지 신나지 않은가 이 틈에도 부자는 더욱 부자가 되고 가난한 자는 마냥 가난해질 터인데 경제가 좋다는 시절에도 호들갑을 떨지 못했으니 경제가 어렵다고 해서 기죽을 일도 없다는 것이 내가 배운 자본주의의 발전사다 발전하는 자본주의 안에서 내가 살아온 성장사다

　—조기조, 〈나의 성장사〉 전문

위 시를 읽고 술 생각이 나서 술 사러 가는데 최낙현 어르신이 같이 한잔하자고 하셔서 댁에 가서 소주 먹었다. 만두 쪄서 안주 했다. 집에 와 소주 한 병 더 먹고 캔맥주 5개 먹고 퍼졌다.

1 5 일　일 요 일

오빈리 들판을 걸었다. 몸이 너무 무거웠다. 마음도 엉망진창 기진맥진. 저녁때 지난 12월 뜰에 묻었던 김장 김치를 꺼냈다.

1 6 일　월 요 일

황사가 쳐들어왔다. 집 안에 가만히 있었다. 어머님이 전화를 하

셨다.

아침 먹고 텃밭을 가꿨다. 흙냄새 맡으며 몸 움직이니 기분이 좋았다. 오빈리 마을길을 걸었다. 산수유꽃이 피었다. 잠깐 멈춰 서서 눈길 줬다. 오후에 다시 텃밭을 가꿨다. 거름도 줬다. 오빈리 들판을 뛰었다. 오빈저수지에는 낚시꾼 10여 명이 보였다. 최근 한 달 내 기분이 가장 괜찮은 날이었다. 마을 뒷산에서 본 희한한 광경: 무덤 옆 길가에 심어놓은 회양목에 붕붕 소리가 나기에 가봤더니 벌 떼가 나무마다 가득했다. 오늘 양평 날씨가 섭씨 20도였다.

심야전기 온수통에 설치돼 있는 누전 차단기가 내려가더니(2월 21일 첫 off, 3월 4일 off) 지난밤 작동 불능이 되고 말았다. 그 바람에 아내는 아침에 찬물로 머리를 감았다. ××보일러에 연락해 오후에 누전 차단기를 교체했다. 규은이 친구 서영이와 승지가 와서 실컷 떠들고 웃으며 놀다 저녁에 갔다.

주문한 CD가 왔다. 조시 그로번(Josh Groban)이 부르는 〈Petit Papa Noël〉(프랑스 성가)을 여러 번 돌려 들었다. 저녁때 욕조에 물을 받고 몸을 담갔다. 미역 된장국, 뜰에서 꺼낸 김장 김치, 쇠고기 장조림, 더덕무침, 상추쌈 해서 딸과 함께 저녁 먹었다. 일 년 동안 아내와 딸, 셋이서 저녁 먹는 날이 며칠이나 될까.

인천 사는 아우 용철이가 와서 CD 플레이어 바꾸고 토종닭 백숙 먹고 낮잠 한숨 자고 갔다. 늘 형한테 베풀기만 하는 아우. 뜰에 심을 나무로 감나무, 앵두나무, 벚나무, 백목련, 수수꽃다리, 마로니에 중 마로니에는 빼고 그 자리에 자두나무를 심을지 살구나무를 심을지 고민 중이다. 밤 10시 빗방울 듣는 소리가 창으로 스몄다. 봄비가 밤비로 왔다. EBS 세계의 명화 〈조제, 호랑이 그리고 물고기들〉 보다 졸다 보다 졸다 깨니 티브이 혼자 찌지직거리고 있었다. 비 내리는 봄밤이었다.

내 생일. 밤새 비가 왔다. 아침부터 산책했다. 아내가 일주일 동안 밀린 잠 자는 바람에 내가 미역국 끓여 먼저 아침 먹었다. 섭섭했다. 저녁에 옥천냉면집에 가서 편육과 비빔냉면 먹었다.

오빈리에 봄이 왔다.

민들레가 피었다. 수양버들도 연두색을 내밀고 있다. 철쭉과 목련도 꽃봉오리를 부풀리기 시작했다. 하루가 다르게 하루가 다르다. 하늘 아래 새로운 게 없다지만 인생에 같은 하루는 없다. 강판권의 《나무열전》 읽다. 이런 책도 있구나 싶다. 다 읽고 같은 저자의 《공자가 사랑한 나무 장자가 사랑한 나무》를 읽기 시작했다.

나의 세계관

피에는 피

눈물에는 눈물

피눈물에는 피눈물

무기에는 무기

악기에는 악기

(끔찍하다!)

새벽에 비가 왔다. 아침이 밝아오자 눈으로 바뀌었다. 점심때까지 함박눈이 쏟아졌다. 강원도에선 40센티미터의 폭설이 왔다. 가뭄이 극심한 강원 남부(태백)엔 찔끔 왔다. 시를 쓰려 했으나 한 줄도 쓸 수 없었다. 저녁에 딸아이가 한 소리 했다. "아빠는 집귀신 같애요!"

오빈리 개울가 세 그루 산수유 이쁘다.

오빈저수지 수양버들 이쁘다.

논두렁 민들레 이쁘다.

둔덕의 무덤 이쁘다.

무덤 곁 측백나무 이쁘다.

점심 먹고 낮잠 즐기는 개들 이쁘다.

아담한 마늘밭 이쁘다.

겨우내 견딘 파밭 이쁘다.

눈 덮인 용문산 백운봉 이쁘다.

봄산이 설산이니 이쁘고말고다.

오빈리 들판에서 맞는 봄바람 이쁘다.

왜 이리 이쁜 것들 천지냐.

새싹 올라오는 뜰의 작약 이쁘다.

제비꽃 두 송이 이쁘다.

이 모든 대사건 앞에서 이쁜 것이 기쁜 것이다.

몇 년 만이냐.

이 행복한 날—.

아내가 몸살이 나서 하루 종일 누워 있었다.

화창한 날씨였다. 시를 썼다.

나쁜 피

아버지들은 대개 반성을 모르는 놈들이다

자기밖에 모르고 자기자식밖에 모르는

반성이라곤 코딱지만큼도 없는 게 아버지들이지만

더 큰 비극은 반성을 모르는 아버지가 아들의

피에도 유구하게 흐른다는 사실이다

힘만 세면 전부인 아버지가, 돈밖에 모르고

일밖에 모르고 지 하나님밖에 모르는

아버지가 아들의 피에도 전설처럼 흐른다는 사실이다

사실 아버지가 뭐 한 게 있나요, 쥐밖에 모르는

쥐새끼를 낳은 거 빼면 뭐 한 게 있나요

그래도 오래 살고 싶어 조미료 입에도 안 대는

아침 네 시면 일어나 헛둘 헛둘 운동하는 아버지—

끔찍한 아버지, 알고 보면 다들 불쌍한 아버지지만

타락한 아버지보다 더 무서운 사실은 타락한

아버지를 쳐 죽여야 할 아들도 똑같이 타락해 있다는

사실이다 더하면 더했지 덜하지 않다는 사실이다

아들들도 대개 반성을 모르는 놈들이다

이 모든 아집과 편견과 차별과 역차별과 뻔뻔함과 뻔함과 친목계와 동창회와 선후배와 신경질과 짜증과 우울과 외면과 편가르기와 간판과 꼴 같지도 않은 사과와 변명과 해명과 잔머리와 잔대가리와 졸렬과 맹목과 맹신과 광신과 역겨움과 자기도취와 과대망상과 피해망상과 수모와 치욕과 거짓말과 막말과 날치기와 속임수와 짜고 치는 고스톱과 이슬 같은 양심과… 이 모든… 이 모든 것들과…

〈한겨레신문〉에서 주로 사용(애용)하는 문인들의 글이 역겨울 때가 한두 번이 아니다. 이 역겨움은 어디에서 오는 걸까. 3월도 문

닫는구나. 3월 20일 이후부터 울화가 많이 가라앉았다. 행복한 날들도 며칠 있었다. 자, 4월이다.

2 0 0 9 년

4월

4월이 가고 있다.
이번 달에는 네 차례에 걸쳐
6일이나 집 밖으로 나가 꽃구경 하고 다녔다.
돈 없고 직장 없는 자의 사치라 여기에 적어둔다.
아무나 따라 하지도 못하지만 따라 할 수 없는 사치다.
나는 젊어서 꽃보다 잎을 좋아한 사람인데
〔잎이 나무의 꽃이라 여기던 시절이었다〕
언제부턴가 꽃이 좋아지기 시작했다.

《이순신의 난중일기 완역본》(노승석 옮김) 읽었다.

고양이 우는 소리에 잠이 깼다. 오전 4시 30분. 사람 곡하듯 뜰에서 계속 울었다. 잠 다 잤다. 아침에 양미리 구워서 먹었다. 지난 11월 속초에서 사다 냉동실에 재워둔 걸 다 먹었다. 오전에 리처드 도킨스의 《만들어진 신》 읽었다. 점심 먹기 전 오빈리 야산을 쏘다녔다. 무덤이 수십 기 있었다. 봄날 남의 무덤 곁에 있는 기분 좋았다. 집에 왔더니 현관에 파 한 단이 있었다. 뒷집 배씨 아주머니가 갖다 놓은 것이겠다. 계단 옆 뜰에 흰 민들레 한 송이 피었다. 일산 여동생 집에 계시는 어머니와 통화했다. 뜰에 청매실나무 한 그루 심으라고 하셨다. 그리고 이런 말도 하셨다. "소설을 써야 돈이 될 텐데…" ㅎㅎㅎ.

오빈리 개울가 논둑에 키가 30미터는 됨직한 아름드리 버드나무 네 그루가 서 있다. 저 나무들의 봄날과 여름날을 유심히 지켜볼 것이다. 그리고 가을과 겨울날을. 그 우렁찬 네 그루 버드나무 곁으로 세 그루 산수유가 활짝 꽃을 피우고 있다. '산수유꽃이 저렇게 몽환적이었나' 감탄하며 보고 살피고 새기고 있다. 혼자 보기 아깝다. 오후에 커트 보네거트의 《나라 없는 사람》을 읽었다. 재밌어 자주 웃었다.

규은이 경주로 수학여행 가다. 나는 1980년(고2때) 경주로 수학여행 가고 그 후 다시는 경주 땅 밟지 못했다. 아직도 기억한다. 2박 3일 동안 식중독으로 고생했던 걸. 아, 빌어먹을 수학여행. 단체 여행의 그 끔찍함! 오빈리에 살구꽃이 한창이다. 살구꽃을 한참 보고 있으니 이 세상이 문득 이 세상이 아니게끔 한다. 그 아름다움을 이루 말로 다 할 수 없다. 말이 필요 없다. 산수유꽃은 이제 색의 힘이 살짝 빠지고 있다. 뒷집 배씨 아주머니가 민들레 순을 보내왔다.

하루 종일 피가 끓었다.

수학여행 가 있는 딸 생각하며 직장에 가 있는 아내 생각하며 하루가 갔다. 저녁엔 혼자서 민들레 쌈 싸서 먹었다. 맛이 상큼했다. 노엄 촘스키의 《촘스키, 세상의 권력을 말하다 1》(강주헌 옮김) 읽었다. 1980년대만 해도 촘스키는 내게 그저 언어학자(생성문법이론)였을 뿐이었다. 1990년대 어느 날 촘스키가 '행동하는 미국의 양심'이란 말을 얼핏 들었을 때 내 귀를 의심했다. 내가 다녔던 학교의 기계 부품이나 조립하던 수리공 같았던 어학 교수들을 생각하면 '언어학자가 미국의 양심'이란 소리는 한 마디로 개소리나 같았기 때문이었다. 위의 책 중 한 대목.

신자유주의는 기본적으로 제국주의 정책과 다를 바가 없습니다. 즉 타인에게는 자유시장을 강요하고 자기는 철저히 보호받겠다는 것입니다. 요컨대 부자들은 온갖 특혜를 누리면서 가난한 사람들에게만 자유시장 논리를 강요하는 것이 바로 신자유주의입니다.

제비꽃 피어 있는 길을 걸었다.

꽃다지 피어 있는 길을 걸었다.

벌써 죽은 뱀 누워 있는 논둑길을 걸었다.

민들레 피어 있는 길을 걸었다.

살구꽃 한창인 마을길을 걸었다.

목련꽃 터진 길을 걸었다.

앵두꽃 막 환해지는 길을 걸었다.

할미꽃 피려는 무덤을 걸었다.

애기똥풀 피어 있는 산길을 걸었다.

민들레를 한 소쿠리 캤다.

옥상에 말리기 시작했다.

경주 수학여행 간 규은이 돌아왔다.

대전으로 연수 간 아내 돌아왔다.

MBC 뉴스데스크 신경민 앵커의 언어 감각이 정권의 입맛에 안
맞으니(당연히 안 맞겠지!) 교체 압력이 있는 모양이다. 지금까지
내가 봤던 뉴스 앵커 중 그의 언어 감각이 가장 맘에 든다. 특히 클

로징멘트(맺는 말)는 압권이다. 그거 듣기 위해 뉴스 본다고 해도 과언이 아니다. 뉴스 진행자가 자신의 의견을 드러내는 것에 대해 부정적인 생각을 가진 사람도 있겠지만, 이 세상 인간사에 주관 없는 객관이란 애시당초 가능하지도 않고 존재하지도 않는다. 어떤 뉴스를 주요 뉴스로, 어떤 기사를 머릿기사로 다룰지 그것부터 이미 의견의 개입이다. 매스 미디어에서 살포된 사실이 그게 어디 사실이던가. 정치권력과 경제권력의 수중에서 놀아나는 방송과 언론에 놀아나는 국민은 이미 국민이 아니라 노예다.

1 0 일 　금 요 일

살구꽃이 지고 있다.
앵두꽃이 한창이다.

1 1 일 　토 요 일

민주주의는 무슨 얼어 죽을… 이 악랄하고 악질적인 계급사회에서.

오늘은 기념비적인 날이었다. 왕벚꽃나무 두 그루(한 그루를 심으려 했는데 이미 뽑았다며 한 그루를 더 실어줬다), 청매실나무 한 그루, 자두나무 한 그루, 감나무 한 그루, 살구나무 한 그루, 수수꽃다리 한 그루를 뜰에 심었다. 이 기분 누가 알까 싶은 날이었다.

오빈리 뒷산 나무들이 초록을 터트리고 있다. 살구꽃이 지고 앵두꽃이 지고 있다. 그 여린 꽃잎들 바람에 실려가는 모습 아리고 애리다. 무덤가 싸리꽃은 희디희고 할미꽃은 아직 덜 열렸다.

오늘 하루도 밥 축냈다. 허송세월했다. 오빈리에 봄이 폭발하기 시작했다. 아내는 콧물 감기로 고생했다.

대하 튀겨서 아침 먹었다. 커피 한 잔 먹고 오빈리 야산과 들판을

1시간 20분 걸었다. 많은 꽃들이 졌다. 오후 들어 비가 내리기 시작
했다. 기다리던 단비였다.

1995년 구입해 몇 장 읽다 처박아둔 알베르 카뮈의 미발표 장편
소설《최초의 인간》읽었다. 점심 무렵 주문한 책이 왔다.

《텃밭백과》(박원만)

《디아스포라 기행》(서경식)

《달리는 기차 위에 중립은 없다》(하워드 진)

오후에 낮술 먹었다. 저녁에 춘천 갔다. 사진 하는 전형근 형, 한
승태 시인, 후배 우종성과 술 먹었다. 기타를 잡은 우종성이 비지스
의 〈I Started a Joke〉, 에릭 클랩튼의 〈Wonderful Tonight〉 부르며
분위기 띄우자 전형근 형도 기타를 쳤다. 취해서 곯아떨어졌다.

대낮부터 또 술 먹었다. 춘천서 점심 먹고 출발했다. 신남-광판

지나 팔봉산 끼고 흐르는 홍천강을 따라 반곡-모곡-단월로 해서 왔다. 잠시 홍천강 가에 주차하고 봄 산천을 만끽했다. 끔찍하게 아름다웠다. 우종성이 날 집까지 데려다주고 동행한 전형근 형이랑 춘천으로 다시 갔다. 1박2일 동안 잘 놀았건만 잘 논 것만큼 허전함이 밀려왔다. 싸구려 포도주 한 병 더 먹고 일찍 퍼졌다.

1 8 일 　 토 요 일

이틀 술 먹었더니 몸에 힘이 없었다. 오후에 오빈리 들판을 한 바퀴 돌았다. 아내는 평창으로 연수 갔다.

1 9 일 　 일 요 일

아침부터 콧물이 줄줄 흘렀다. 하루 종일 무기력했다.

2 0 일 　 월 요 일

오전 9시부터 빗방울이 듣기 시작했다. 오빈리 들판을 한 바퀴 걸었다. 하루 종일 비가 내렸다. 산불 걱정 없어 좋았겠다. 뜰의 철쭉이 활짝 피었고 주목은 연두잎으로 물들었다. 일주일 전 뜰에 심은 나무들이 이번 비로 활착하게 될 것이다. 감나무는 아직도 잎이 나지 않고 있다. 저녁에 몹쓸 생각에 어지러웠다. 인간을 사랑하는 일이 과연 가능하기는 한 걸까.

2 1 일 　 화 요 일

하루 종일 흐리고 바람이 세게 불었다. 오전에도 걸었고 오후에도 걸었다. 마을 곳곳에 라일락꽃이 피었다.

2 2 일 　 수 요 일

날이 갰다. 오전 8시 50분 원주행 기차에 올랐다. 부산까지 가는 기차였다. 원주서 내려 원주시외버스터미널에서 춘천행 버스에 올랐다. 춘천어린이회관에 있는 카페 예부룩에서 라흐마니노프 피아노 협주곡 2번 2악장 들으며 포도주 한 병 비웠다. 다시 버스 타고 홍천으로 해서 양평으로 왔다. 마을 구판장에서 주씨 아저씨와 맥주 4캔 했다. 집에 와 음악 들으며 밤늦게까지 맥주 먹었다. 4월의 산하는 끔찍하게 아름다웠고 이 세상이 이 세상이 아닌 것 같아 홀황했다. 술에 취한 하루였으며 꽃과 나무에 취한 하루였으며 주차간산(走車看山)한 하루였다.

아침부터 술 생각이 끓어올랐다. 술 사러 가다 뒷집 아주머니와
최낙현 어르신한테 걸렸다. "이십대도 아니고 반평생이 꺾어진 사람이 대
낮부터 술에 의존하면 어떡하나" 한 소리 듣고 술 생각 접은 하루였다.
아주머니가 타주신 커피 한 잔 얻어먹고 집으로 왔다. 오후에 오빈
리 들판을 뛰었다.

아침밥 먹기 전에 오빈리를 한 바퀴 걸었다. 바람은 시원했고 연
두 잎사귀는 다 같은 연두 잎사귀가 아니었다. 산수유 꽃 진 자리에
는 산수유 잎이 조용히 와 있었다. 며칠 사이에 많은 꽃들이 졌다.
오후에 흐리다 비가 왔다. 자연의 소리는 소음이었던 적이 없었고
자연의 빛깔은 억지스럽고 어지러웠던 적이 없었다.

서늘한 날씨였다. 오후에 비가 왔다. 내 서재에서 보이는 서편 푸
른함석지붕집 마당에 핀 꽃사과꽃이 요즘 줄곧 나를 사로잡고 있
다. 벚꽃, 살구꽃, 자두꽃이 지고 난 뒤에 저 꽃이 피어선지 더 빛을

발한다. 꽃사과 흰 꽃은 나를 황홀하게 하고 곱게 미치게 한다. 여러 날째 시 한 줄 못 쓰고 있다. 아내가 한 마디: "뜰에 심은 두 그루 벚나무 중 한 그루는 꽃사과나무로 심었으면 좋았을 걸!"

2 6 일　일 요 일

하루 종일 흐렸다. 저녁에 춘천 갔다. 카페 '봉의산 가는 길'에서 조성림 시인과 술 먹었다.

2 7 일　월 요 일

아침부터 조동진 음악 들으며 포도주 한 병 비웠다. 노정균, 전형근, 한승태, 김도연과 점심 먹었다. 오후에 포도주 한 병 더 비웠다. 김도연 형의 차로 신남-광판-홍천강 끼고 반곡-모곡-단월-오빈리로 왔다. 10일 전 왔던 길을 다시 왔다. 산벚나무꽃이 많이 졌지만 여전히 봄빛은 끔찍하게 아름다웠다. 오늘 알게 된 사실: 내가 싸리꽃으로 잘못 알고 있던 나무가 조팝나무라는 사실을 김도연 형으로부터 알았다. 조팝나무 흰 꽃은 어떤 흰색으로도 감당할 수 없으리만큼 희고 또 희다. 눈이 멀 것처럼 눈부시다.

날이 갰다. 오후 들어 검은 구름이 몰려오고 약간의 비를 뿌렸다.
저녁에 다시 갰다. 오빈리 마을길과 야산, 들판을 걸었다. 오빈리
일대 내가 즐겨 찾는 무덤가 조팝나무 흰 꽃은 이미 다 졌다. 벚꽃
은 벌써 갔고 도화도 색깔이 빠지고 있다. 참나무(나는 아직도 상수리
나무, 떡갈나무, 굴참나무, 갈참나무, 졸참나무, 신갈나무를 구별하지 못한
다)에 잎이 폭발하기 시작했다. 은행나무에도 여린 꿈이 쏟아져 나
오기 시작했다. 감나무는 아주 조금만 잎을 내었다. 이웃집 꽃사과
꽃이 절정이다. 곁에 갔더니 꽃사과 꽃잎도 하나 둘 져내리고 있었
다. 내 삶의 하루하루도 내 인생에서 떨어져나가고 있다. 삶은 그처
럼 절박하고 끔찍하고 속절없고 부질없고 손쓸 수 없고 아름답다.

2006년 10월 26일(목) 영주 부석사에 처음 갔다. 혼자 갔다 그날 왔다.
부석사에는 관광버스 타고 온 단체 관광객들로 북적거렸다. 부석사 입구
종점 식당에서 밥 먹고 바로 도망쳤다. 수확이 없지는 않았다. 풍기역에
서 내려 버스 갈아타고 부석사까지 가는 길이 너무 좋더라는 것. 국도변
가로수 은행나무 잎이 너무 좋더라는 것. 오늘 그로부터 3년이 지나 가을
날이 아닌 봄날에 부석사에 갔다. 혼자 갔다 오늘 왔다. 이번에는 수학여

행 온 학생들이 우글거렸다. 나는 애들이고 어른이고 인간들 꼬이는 곳은 생래적으로 싫어하는 인간이다. 이름난 맛집이고 명승고적이고 천하명당이고 내키지 않는다. 오늘은 밥도 안 먹고 1시간 만에 도망쳤다. 그렇다고 수확이 없었던 것은 아니다. 풍기역에서 부석사 입구까지 버스 타고 가는 길이 역시 너무 좋더라는 것. 그 길 옆의 과수원 사과나무 흰 꽃이 너무 좋더라는 것. 지난해 5월에는 초등학생 딸과 함께 소백산 인근 희방사에 하루 갔다 왔었다. 올해는 혼자 오길 잘했다.

4월이 가고 있다. 이번 달에는 네 차례에 걸쳐 6일이나 집 밖으로 나가 꽃구경 하고 다녔다. 돈 없고 직장 없는 자의 사치라 여기에 적어둔다. 아무나 따라 하지도 못하지만 따라 할 수 없는 사치다. 나는 젊어서 꽃보다 잎을 좋아한 사람인데〔잎이 나무의 꽃이라 여기던 시절이었다〕 언제부턴가 꽃이 좋아지기 시작했다. 그냥 좋은 게 아니라 열나게 좋다. 내가 늙어가기 때문이라 해두자. 4월에 핀 꽃들은 4월이 가기 전에 거의 졌다. 내 서재에서 보이는 이웃집 꽃사과꽃은 아직도 희나 역시 꽃잎을 많이 떨궜다. 우리집 뜰의 연분홍 철쭉도 지고 있고 죽도화 역시 노랑색이 빠지고 있다. 오빈리 일대 야산에 꽃빛이 가고 연녹색 천지가 되어 있다. 꽃의 시절은 짧고 잎의 시절

은 길다. 시 한 편 못 쓰고 허송세월한 4월이었다. 하지만 끔찍하게
아름다운 4월이었다.

5월

언덕 위 살구나무집 안씨 할머니는 올해 여든둘이다.
어제 우리집 텃밭에 직접 대파를 파종해주셨다.
오늘 아침 현관에서 벤자민을 샤워시키고 있는데
담배를 피워 무시고 마을길을 걸어내려 오시기에
"할머니, 담배 참 맛있게 태우시네요" 했더니
"이걸로 살어!" 그러신다.

최낙현 어르신한테서 단호박씨 7알, 애호박씨 9알을 받았다. 꽃사과 꽃잎이 바람에 하얗게 무너지는 하루였다.

하루 종일 비가 오다 말다 했다. 최낙현 어르신께서 묵혀두고 있는 3백50평짜리 언덕배기 묵정밭이 있다는 걸 알았다. 귀가 번쩍했다. 밤고구마를 두 두둑 심었다. 흙은 윤기 났고 비가 온 후라 고구마 심기엔 그만이었다. 내일 두 두둑 더 심기로 했다. 5월 하순엔 참외를 심기로 했다. 저녁때 뒷집 배씨 아주머니가 청상추랑 옥수수 모종을 보내왔다. 텃밭에 심었다.

어제 고구마 심었던 언덕배기 밭에 고구마를 두 두둑 더 심었다.
아내는 규은이와 강원도 평창으로 놀러 갔다. 쓸쓸한 저녁. 오빈리
들판에서 개구리 울음 소리가 들려오기 시작했다. 캔맥주 12개 먹
고 잤다.

하루 종일 맥주 먹고 가끔 노래도 부르고 음악 들으며 지냈다.

텃밭에 토마토, 방울토마토, 고추, 가지, 케일을 심었다. 오이는
좀 더 있다 심기로 했다. 대파는 이웃집 안씨 할머니가 직접 와서
파종해주고 가셨다. 오후에는 언덕배기 밭에 고구마도 더 심고 고
추도 심었다. 밭을 더 일궈 참외와 시금치도 심을 생각이다. 화창한
날씨였다.

언덕 위 살구나무집 안씨 할머니는 올해 여든둘이시다. 어제 우리집 텃밭에 직접 대파를 파종해주셨다. 오늘 아침 현관에서 벤자민을 샤워시키고 있는데 담배를 피워 무시고 마을길을 걸어내려 오시기에 "할머니, 담배 참 맛있게 태우시네요!" 했더니 "이걸로 살어!" 그러신다.

언덕배기 밭에 시금치, 단호박은 파종하고 애호박은 모종을 심었다. 화가 끓어올랐다 가라앉았다 했다. 저녁에 아내와 다투었다. 참담한 하루였다.

최낙현 어르신이 내게 말씀하셨다. "박 선생― 마누라를 하느님이라고 생각하고 사시게." 뒷집 배씨 아주머니가 메기 매운탕 끓여 맥주까지 내왔다.

눈 뜨니 밤 2시였다. 더 잠이 올 것 같지 않았다. 한 줄의 시도 쓰지 못하고 있다. 한 줄의 시를 쓸 수 없으니 열 줄의 시를 쓸 수 없고 백 줄의 시를 쓸 수 없다. 6시에 아침 먹고 마당에 나가 풀 뽑았다. 아내는 충북 괴산 화양계곡으로 대학원생들과 소풍 갔다. 점심 먹기 전 언덕배기 밭에 가서 참외 심을 곳 잡초 제거했다. 우거진 풀을 쳐내고 땅을 갈아엎으니 거기서 벌레들이 나오고 그걸 작고 귀여운 곤줄박이(?)가 와서 물고 갔다. 어떻게 된 건지 그 새는 내 발옆까지 서슴없이 다가와서, 새가 날아갈 때까지 나는 꼼짝 않고 서 있어야 했다. 그것 참! 텃밭에 지난 1일 파종한 애호박이 싹을 내밀기 시작했다. 그 신비로움을 말해 뭐하랴. 저녁때 딸아이가 "혁명이 뭐예요?" 하고 갑자기 물었다. "세상을 뒤집어엎는 것"이라고 말했더니 너무 어렵다며 쉽게 설명해보란다. 딱히 더 이상 떠오르는 말도 없고… 애비라는 사람이 '혁명' 하나 제대로 설명하지 못하니… 《백서노자》 67장(왕필본 23장) 읽었다.

希言自然

어제 잡초 제거했던 언덕배기 밭에 가 또 풀 뽑고 땅 갈아엎었다.
오늘도 어제 그 새가 연신 내 주위를 맴돌며 먹이 사냥했다. 오늘은
두 마리였다. 한순간 매가 쏜살같이 날아와 덮쳤다. 가까스로 매의
공격에서 벗어나는 걸 보니 잠시도 곁을 놓을 수 없는 살벌하기 그
지없는 새의 삶이다. 저녁때 딸과 함께 오빈리 들판을 걷고 뛰었다.
내일과 모레 비 예보가 있다. 대지를 푹 적셨으면 좋겠다.

하루 종일 비가 내렸다. 아침 뜨락의 작약이 꽃봉오리를 터트리
기 직전이었다. 오전 10시에 보니 이미 꽃봉오리가 열렸고 점심때
다르고 저녁때 달랐다. 파블로 네루다의 시처럼 '하루에 얼마나 많
은 일들이 일어나는가'. 하루뿐이겠는가. 한순간에도 얼마나 많은
생과 사가 명멸하고 절멸하겠는가. 빗속에 산책했다. 오빈리 일대
아까시나무 숲에 아까시나무 꽃이 벌써 피었다. 향이 좋았다. 어릴
적 '아카시아'라고 부르던 나무. 천대받던 나무. 하지만 아까시나
무처럼 인간에게 이로움을 주는 나무도 드물다. 잎은 말할 것도 없
고 꿀은 또 어떤가. 번식력이 왕성해 토사 방지에도 그만이고 그 꽃
향은 얼마나 그윽한가. 아까시나무만 그렇겠는가. 인간에게 이롭지

않은 나무가 어디 있겠는가. 3월 달부터 가보려고 했던 오스트리아 화가 구스타프 클림트 전시회가 며칠 남지 않았다(5월 15일까지). 갈 수 있을까. 규은이 생일선물로 스케치북 주기로 한 약속도 있고.

아침에 비가 왔다. 뜰 앞 쥐똥나무 울타리 속 찔레꽃이 하얀 꽃을 피우기 시작했다. 하늘 아래 새로운 게 없다지만 자고 일어나면 하늘 아래 새롭지 않은 것도 없다. 오전 8시 49분 청량리행 무궁화호 기차에 몸을 실었다. 1년 반 만의 서울행. 한 시절 밥 벌던 서울. 나는 그곳을 벗어나 살기를 얼마나 간절히 염원했던가. 가끔 서울 가면 추억 아닌 추억들이 되살아나고 고향에 온 느낌도 받는다. 내가 살던 곳, 살고 있는 곳, 가서 살 곳 모두 다 고향이다. 지구가 고향이다. 발바닥 위가 고향인 것이다. 예술의 전당에서 〈구스타프 클림트 전〉봤다. 〈2009 동화책 속 세계여행 '세계유명일러스트레이션원화전'〉도 봤다(사실 이게 더 보고 싶었다). 규은이 생일선물로 줄 스케치북을 찾았으나 없었다. 대신 《세계유명일러스트레이션원화전 도록》을 줬더니 맘에 들어 했다. 거기에는 내가 좋아하는 동화작가 존 버닝햄(나는 그의 그림처럼 행복한 그림을 본 적이 없다. 나는 《지각대장 존》의 열혈독자다) 것도 있고 우리나라 작가 이수지의 〈파도〉도 있어 반가웠다.

오늘 알게 된 사실: 아침에 콧물이 줄줄 흘렀는데 서울에서는 멀쩡했다. 양평에 오니 다시 코가 근질근질했다. 내게 꽃가루 알레르기가 있는 게 아닌가 싶다. 그러고 보니 지난해 5월에도 콧물 범벅이었다. 어제 내린 비가 많은 꽃가루들을 데려갔으리라.

오전 4시에 깼다. 5시에 신문 가지러 나왔다. 남쪽 하늘에 아침달이 거기 고요히 있었다. 달. 달. 달. '태양의 뜨거움, 달빛의 고요함을 내게 일깨워주신 아버님, 어머님께' 라는 어떤 책의 헌사가 기억났다. 6시에 마을길을 걸었다. 꽃 진 오빈리 일대 야산 군데군데 흰빛이 들어섰다. 아까시나무 숲에 아까시나무 꽃이 들어선 것이다. 아침 공기는 맑고 찼다. 물과 공기의 상쾌함은 그 어떤 진미보다도 먼저다. 오빈리 들판을 뛰었다. 이렇게 아침에 뛰기는 오랜만이었다. 벌써 모내기가 끝난 논배미가 여럿. 오빈저수지에서는 물비린내가 올라왔고 남한강에는 물안개 자욱했다. 비 지나간 5월 아침 공기와 햇살이 없었다면 인생의 싱그러움을 어디 가서 찾을까. 오후에 최낙현 어르신께서 불렀다. 소주 한 컵씩 털어 넣고 언덕배기 밭에 가서 옥수수와 호박 모종을 심었다. 마을길을 걸어오는데 수국이 피어 있는 집이 두 집 있었다. 수국의 매력은 뭘까. 화려하지 않

은 화려함. 성스럽지 않은 성스러움. 서경식의《디아스포라 기행》
읽었다.

오빈리에 아까시나무 꽃 향이 한창이다. 어제 심은 옥수수와 호
박에 물 주러 가는 길에 아까시나무 꽃을 따서 먹었다. 오는 길엔
벌써 까맣게 익은 버찌 세 알이 눈에 들어와 역시 따 먹었다. 오후
에 최낙현 어르신과 또 소주 한 컵씩 했다. 세상이란 곳은 역겨움으
로 치면 끝이 없고 그 아름다움으로 쳐도 끝이 없다.

하루 종일 눈물, 콧물에 시달렸다. 무력했다.

아침부터 눈물, 콧물이 또 줄줄 흘렀다. 결국 병원에 갔다. 비염
판정을 받았다. 약 먹으니 한결 낫다. 근데 잠이 쏟아졌다. 하루 종
일 비가 왔다.

배운 것들이, 한 자리 차지하고 있는 것들이 왜 더 측은해 보이는 걸까. 가진 자들이 가지지 못한 자들보다 왜 더 졸렬해 보이는 걸까. 한국 사회의 뻔뻔함은 어제오늘의 일도 아니고 있는 자들이나 없는 자들이나 별반 다를 것도 없다. 자의식과 죄의식이 없는 고깃덩어리들이 즐비한 사회가 한국 사회다.

뒷집 배씨 아주머니가 저녁때 상추를 한 아름 들고 오셨다. 배씨 아주머니네는 이 마을 사랑방 같은 곳. 동네 어르신들이 모여 담소도 하고 소주도 드신다. 종종 노랫소리도 들린다. 어르신들 드시라고 아내가 소주를 한 박스 냈다.

인간 싫으면 그게 곧 지옥! 인간 싫은 건 성인 군자도 어쩌지 못했으리. 원수를 사랑하는 일 따위는 접어두고 대체 인간을 사랑하는 일이 이 졸렬한 인간사에서 과연 가능하기는 한 걸까. 대체 사랑이란 게 있기는 있는 걸까. 그거 헛거 아닐까. 아아, 그렇다 해도 환상을 깨지 마라. 환상이 깨지면—.

2 0 일 수 요 일

하루 종일 피가 끓었다.

2 1 일 목 요 일

이름깨나 있는 대한민국 문인들의 속물근성, 허영심, 그 추한 말년. 잊지 마라.

2 2 일 금 요 일

아까시나무 꽃들이 졌다. 하얀 찔레꽃이 한창이었다. 시를 썼다.

원수와 한 방을 쓰면서

내가 나를 내 맘대로 할 수 있을 것 같지만
내가 나를 내 맘대로 할 수 없는 게 나다

내가 나를 내 맘대로 할 수 없건만

하물며 내가 너를 내 맘대로 할 수 있겠느냐

내가 너를 쉬이 내려놓지 못하는 것처럼

끝끝내 내려놓을 수 없는 게 나일 것이다

나는 나로 가득하고 너는 너로 가득하다

그러니 대체 내가 내 맘대로 할 수 있는 게 뭐지

내가 할 수 있는 게—

인생이 할 수 있는 게 그리 많지 않다

살인이 그러하듯 자살 역시 아무나 할 수 있는 게 아니다

내가 나한테 지는 것조차 아무나 할 수 있는 게 아니다

그러니 원수를 사랑하라고 했던 사람은

오른뺨을 때리면 왼뺨도 내밀라 했던 사람은

나를 내 맘대로 내려놓을 수 있었던 사람이거나

그 역시 죽을 때까지 나를 내려놓을 수 없었던 사람이었을 것이다

노무현 대통령 세상 뜨다. 아침에 인터넷에서 그의 죽음을 보고 놀랐다. 대한민국에 저런 사람이 있었나 싶었다. 이 누더기, 걸레들 판에. 춘천서 한승태 형이 속초로 바람 쐬러 가자고 점심 무렵 차를 끌고 왔다. 마크 노플러의 〈The Long Road〉 들으며 홍천-철정-상남-내린천-방동약수-진동계곡-서림-양양으로 해서 속초로 갔다. 진동계곡에서 점심으로 막국수, 감자적, 동동주 먹었다. 속초에서 김창균 시인 만나 흠뻑 취했다. 하루 종일 머리가 무거웠다. 진동계곡은 처음 가봤는데 10월 말쯤 다시 가보고 싶다.

아침에 곤히 자고 있는 승태 형을 깨웠다. 오늘 어머니와 여동생이 집으로 오기 때문에 일찍 움직여야 했기 때문이었다. 아침에 속초항에서 꽁치 세 박스 샀다. 오징어회 한 접시에 소주 두 잔 먹고 복해장국집에서 청하 한 병 비우고 미시령 넘었다. 오빈리에 오니 집이 텅 비어 있다. 전화했더니 어머니와 여동생, 아내 그리고 규은이 함께 점심 먹고 차 마시는 중이란다. 꽁치 한 박스는 승태 형 차에 실려 보내고 한 박스는 뒷집 배씨 아주머니께 이웃들 나눠 드시라고 갖다 드렸다.

어머니와 아침 산책을 했다. 어머니는 옛날 사람이고 시골 사람이어서 그런지 내가 모르는 나무와 풀 이름을 여럿 말했다. '조선뽕나무'도 구별해주셨다. 오후에는 햇마늘로 마늘장아찌 담갔다. 무사다 깍두기도 담갔다. 지난해, 아내가 나와 대판 싸우고 어머니와 여동생에게 불같이 전화했을 때, 어머니와 여동생이 지 아들과 지오빠 편 안 들고 멀리서 시집온 며느리와 언니 편 들었던 일. 지금도 고맙게 생각하고 있다.

어머니와 여동생, 일산 집으로 갔다. 햇마늘, 민들레 말린 것, 속초에서 가져온 꽁치, 뒷집 아주머니가 챙겨준 상추 넣어 보냈다. 나흘 만에 언덕배기 밭에 가서 잡초 제거했다. 너무 더웠다. 점심때 뒷집에서 떡라면 끓여놓고 불렀다. 동네 어르신들과 함께 먹고 냉커피까지 얻어먹고 왔다. 한여름 날씨였다. 이 마을 수국꽃이 다 졌다.

아침부터 분노와 화가 올라왔다. 아, 이걸 어쩌지. 우울증 환자가

'내일 아침부터, 당장 오늘 저녁부터 더 이상 우울하게 살지 않겠다' 아무리 다짐해도 금세 도로아미타불인 것처럼 '지나간 일은 지나간 일. 뭐 그리 집착해' '화내 봐야 너만 손해야' '일희일비하며 살지 마라' 아무리 다독여도 분노와 화는 쉬이 가라앉지 않았고 가라앉았다가 또 올라왔다. 근래 들어 왼쪽 뇌에서 쉬— 하는 소리가 울렸다. 오늘 아침 병원에 가서 신경안정제를 처방 받았다. 난생 처음 신경안정제를 먹어서인지 졸음이 밀려와 그대로 누웠다. 저녁때 언덕배기 밭에 가서 오디를 한 사발 따 왔다. 저녁 먹고 신경안정제 복용하고 아침까지 힘 못 쓰고 잤다. 말이 신경안정제지 수면제나 다르지 않았다. 분노와 울화가 올라오면 아무것도 할 수 없다. 노무현 대통령의 말처럼 "책을 읽을 수도, 글을 쓸 수도 없다."

2 8 일 목 요 일

왼쪽 뇌 속에서 흑백 필름 돌아가는 듯한 소리가 계속 들렸다. 나의 뇌에 무슨 문제가 있는 걸까. 3주 전 텃밭에 심은 토마토에 방울토마토 크기 반만한 토마토가 벌써 열렸다. 저녁에는 오빈리 들판을 뛰었다. 밤에 시를 읽었다.

이런詩

　　　이상

　역사를하노라고 땅을파다가 커다란돌을하나 끄집어 내어놓고보니 도무 지어디서인가 본듯한생각이들게 모양이생겼는데 목도들이그것을메고 나가더니 어디다갖다버리고온모양이길래 쫓아나가보니 危險하기짝이없는 큰길가더라.

　그날밤에 한소나기하였으니 必是그돌이깨끗이씻겼을터인데 그이튿날 가보니까 變怪로다 간데온데없더라. 어떤돌이와서 그돌을업어갔을까 나는참 이런懷량한생각에서아래와같은作文을지었다.

　「내가 그다지 사랑하던 그대여 내한平生에 차마 그대를 잊을수없소이다. 내차례에 못올사랑인줄은 알면서도 나혼자는 꾸준히생각하리라. 자그러면 내내어여쁘소서」

　어떤돌이 내얼굴을 물끄러미 치어다보는것만같아서 이런詩는그만찢어버리고싶더라.

　정치인들의 말이 역겨운 것은 '인간의 자의식과 죄의식을 제거해버린 고깃덩어리(무뇌아)'를 대하는 느낌을 수시로 불러일으키기 때문이다. 우리는 칼에 찔리기 전 이미 말에 찔려 만신창이가 된 세상에 있다.

뜰 앞의 흰 찔레꽃 다 졌다.

우리는 아직도 시민 이전에 있고 시민 의식 이전에 있고 시민 사회 이전에 있다. 이슬만한 양심 이전에 있다.

2009년
6월

언덕배기 밭에서 오디를 한 사발 따 왔다.
저녁에 딸아이가 "어, 블루베리!" 하면서 잘 먹었다.

***

학교 갔다 온 규은이가 저녁때 웬일인지 언덕배기 밭에 가자고 했다.
함께 오디도 따고 앵두도 땄다. 기분이 좋았겠지. 집으로 오는 길에 불쑥,

"아빠, 이게 뭐라 그랬지요?"
—앵두!

"아빠, 이게 체리 같아요!"
(······)

하긴 지난번 살던 마을에서는 살구를 보고 "아빠, 저 매실 좀 봐!" 그러긴 했다.
ㅎㅎㅎ.

장미꽃이 만발했다.

감자꽃도 피었다.

콩꽃도 피었다.

개망초꽃이 피기 시작했다.

밤꽃이 흐드러졌다.

아침 6시 오빈리 들판을 뛰었다. 안개가 자욱했다. 논물 보러 나온 농부들도 자욱했다. 희붐한 백운봉 위로 솟은 해가 묘했다. 3일 만에 언덕배기 밭에 가서 오디를 한 사발 따 왔다. 오후 들어 하늘이 검더니 천둥 번개 치고 한소나기 했다. 흙이 좋았겠다.

오빈리에 여름이 왔다.

언덕배기 밭에서 오디를 한 사발 따 왔다. 저녁에 딸아이가 "어, 블루베리!" 하면서 잘 먹었다. 뽕나무 옆 앵두가 붉은빛을 더하기 시작했다. 고구마밭, 시금치밭 풀 뽑았다. 오후에는 텃밭 토마토 곁가지 잘랐다.

오전에 언덕배기 밭에 가서 풀 뽑고 풀 벴다. 학교 갔다 온 규은이가 저녁때 웬일인지 언덕배기 밭에 가자고 했다. 함께 오디도 따고 앵두도 땄다. 기분이 좋았겠지. 집으로 오는 길에 불쑥,

"아빠, 이게 뭐라 그랬지요?"
―앵두!

"아빠, 이게 체리 같아요!"

(……)

하긴 지난번 살던 마을에서는 살구를 보고 "아빠, 저 매실 좀 봐!"
그러긴 했다. ㅎㅎㅎ.

지독하게 열심히 쓰고 많이 쓸 것. 그리고 아주 조금만 남길 것.
시는 적게 발표하면 할수록 좋고 시집도 적게 내면 낼수록 좋다. 널
려 있는 게 시와 시집 아닌가. 영화든 음악이든 미술이든… 이놈의
세상은 널려 있다.

서준섭 선생님께서 오랜만에 전화하셨다. 정년퇴임이 8년 남았
다니(아직도, 벌써)… 하긴 내가 낼 모레면 쉰이니 뭐. 선생님 강의
를 들었던 게 엊그제(1989년) 같은데… 전화기 속에서,

"자네는 이미 도착했네. 하지만 또 출발해야지."

"자중자애하게."

저녁때 아내와 함께 언덕배기 밭을 둘러보고 앵두를 땄다. 얼마

만에 해보는 둘만의 산책인가.

"아버지, 저들을 용서해주십시오. 저들은 자기들이 무슨 일을 하는지
모릅니다."(루카 23, 24)

나도 내가 무슨 짓을 하고 있는지 모릅니다.

내가 내 예수고 내 부처다.
내가 내 에미고 내 애비다.
내가 내 주적이고 내 원수다.
내가 내 동무고 내 친구다.
내가 내 스승이고 내 학생이다.
내가 내 아들이고 내 딸이다.
내가 내 하늘이고 내 바다다.
내가 내 어둠이고 내 빛이다.

비가 왔다. 호박꽃이 피었다. 오빈저수지에서 잉어가 뛰었다.

일회일비하지 않겠다고 해서 끝날 일이 아니다.

악몽은 계속된다, 삶이 지속되는 한.

오빈리 한 모퉁이에 채송화 한 송이 피었다. 대체 얼마 만인가.

어제는 언덕배기 밭에 가서 배수관 2개를 묻었다. 오늘은 고구마 밭 풀을 뽑았다. 주문한 책이 왔다.

《사라지지 않는 사람들》(서경식)

《아버지의 여행가방》(오르한 파묵 외)

《파도야 놀자》(이수지)

화창한 날씨였다. 밭에 가서 오전 내내 풀 뽑았다. 언덕 위 개망초 꽃이 장관이었다. 바람이 불어오는 곳을 힐끔 쳐다봤다. 오디 한 사 발을 따 와서 설탕에 재웠다. 정기 구독한《르몽드 디플로마티크 한 국판 5월호, 6월호》가 왔다. 압력 밥솥 패킹을 드라이버로 끼우다 패킹이 찢어졌다. 손잡이 쪽으로 김이 샜다. 다음 주 화요일 날 A/S 받기로 했다. 접시꽃이 한창이었다.

중언부언할 것 없다. 한국 민주주의의 적(敵)은 정치권력도 언론 도 재벌도 아닌 바로 나 자신이고 내 일가친척이고 내 이웃이고 이 나라 일반 국민들이다. 그렇게 당하고도 또 당하는 이 나라 국민들 이다. 엄밀히 말해 국민도 아니고 시민도 아니고 노동자도 아니고 '세금 노예들' 이다. 누가 종이고 노예여야 하는가. '세금 노예들' 은 국민 세금 받는 자들이어야 하지 않는가. 내 이웃을 사랑할 수 없는 세상에 살고 있다.

뇌 안에 평화의 감정이 극히 미미한, 단지 하루를 견딘 하루였다.

밤 1시 비가 쏟아졌다. 불 꺼진 창 안에서 가로등 켜진 비 내리는 창밖을 물끄러미 지켜봤다. 오전에 언덕배기 밭에 가서 해바라기 모종을 밭가에 옮겨 심었다. 오후에 세상없는 짧은 낮잠. 저녁에 노벨문학상 수상연설집 《아버지의 여행가방》 중 터키 작가 오르한 파묵의 〈아버지의 여행가방〉을 읽었다. 그 한 대목.

여러분도 알다시피 사람들이 우리 작가들에게 가장 많이 물어보고 가장 물어보기 좋아하는 질문은 이것입니다. 당신은 왜 글을 씁니까? 저는 쓰고 싶어서 씁니다! 다른 사람들처럼 정상적인 일을 할 수 없었기 때문에 씁니다. 제가 쓴 것 같은 책들을 읽고 싶어 씁니다. 여러분 모두에게, 모든 사람들에게 아주 많이 화가 나기 때문에 씁니다. 방에서 하루 종일 앉아 글을 쓰는 것을 좋아하기 때문에 씁니다. 오로지 현실을 바꾸었을 때에만 그것을 견뎌낼 수 있기 때문에 씁니다. 저 자신, 다른 사람들, 그리고 우리들이 이스탄불에서, 터키에서 어떤 삶을 살았고, 살고 있는지를 전세계가 알았으면 해서 씁니다. 종이, 연필 그리고 잉크 냄새를 좋아하기 때문에 씁니다. 문학을, 소설을 무엇보다 더 신뢰하기 때문에 씁니다. 잊히는 것이 두렵기 때문에 씁니다. 문학이 제게 가져다준 명성과 관심이 좋기 때문에 씁니다. 홀로 있기 위해 씁니다. 여러분 모두에게, 모든 사람들에게, 제가 왜 그토록 화가 많이 나 있는지를 어쩌면 이해시킬 수 있을 거라는 생각에 씁니다. 제 작품이 읽히는 것이 좋아서 씁니다. 한 번 시작한 이 소설을, 이 글을, 이 페이지를 이제 끝마쳐야지 하는 생각에 씁니다. 모든 사람들이 제게서 이것을 기대하고 있기 때문에 씁니다. 도서관들이 영원할 것이며, 저의 책들이 그 서가에 꽂힐 것이라는 것을 순진하게 믿기 때문에 씁니다. 삶, 세계, 모든 것이 믿기 어려울 정도로 아름답고 경이롭기 때문에 씁니다. 삶의 그 모든 아름다움과 풍부함을 단어들로 표현하는 것이 즐겁기 때문에 씁니다. 이야기를 하기 위해서가 아니라 이야기를 만들기 위해서 씁니다. 항상 갈 곳이 있는 것 같지만 마치 꿈속에서처럼 도저히 그곳에 갈 수 없다는 느낌에서 벗어나기 위해 씁니다. 도무지 행복할 수 없었기 때문에 씁니다. 행복하기 위해 씁니다. (이난아 옮김)

16일 화요일

별것도 아닌 일로 편 가르고 무시하고 차별하고 냉대하고 싸우고 지지고 볶고 죽이고 한다. 그게 인간이다.

안방 유리창 밑에 참새 한 마리 죽어 있었다. 감나무 밑에 고이 묻었다.

우리가 언제 인간으로 산 적이 있었던가. 우리는 주인과 노예로 살았거나 부자와 가난뱅이로 살았거나 흑인과 백인으로 살았거나 동양인과 서양인으로 살았거나 남성과 여성으로 살았을 뿐이다.

강릉의 심재상 시인과 통화. 요즘 "밭에 나가 풀 뽑고 지냅니다" 했더니 "난세에는 풀이나 뽑으며 지내는 것도 괜찮지!" ㅎㅎㅎ.

규은이 1박2일 야영 가다. 언덕배기 밭에 가 고구마밭 풀 뽑고 참외밭에 마른 풀 깔다. 개망초꽃이 언덕에 가득하다. 바람이 불어와 풀꽃들을 휩쓰니 감격스럽다.

아침부터 비가 왔다. 버스 타고 홍천으로 갔다. 사진 하는 전형근 형, 한승태 시인, 기타 치는 우종성 만나 점심으로 짬뽕 먹고 고량 주 한잔 했다. 우종성 차로 동해안 묵호로 갔다(한 달 전부터 바람 잡았던 일). 어달동 뒷산 언덕 위 펜션에 짐 풀고 묵호 등대 보고 나서, 명이나물(산마늘) 장아찌, 마른 명태를 안주로 막걸리 먹고 기분 좋았다. 저녁에 게해장국 먹고 펜션에서 새로 합류한 사람들과 늦게까지 술 먹고 떠들고 노래하다 퍼졌다. 어떻게 잤는지 모르겠다. 비 젖은 묵호의 하루 낮과 밤이었다.

눈 떠 펜션 밖으로 나오자 광대무변의 동해가 들어왔다. 비 지나간 여름 아침 동해와 하늘은 푸름의 극치였다. 치명적으로 아름다운 날씨. 일생에 몇 번 볼까 말까 한 날씨였다. 밤새도록 술 먹고 있는 사람들과 어울려 아침부터 또 술. 점심때 어달리 횟집에서 회 먹고 술 먹고 파했다. 우종성 차로 강릉으로 갔다. 강릉 집에 들러 어머니께 산마늘 장아찌와 마른 명태 갖다 드리고 된장을 단지째 실었다. 임당동 성당 아래 있는 벌집 칼국수집에서 칼국수 먹고 영동고속도로-횡성-서원-용두리-양평으로 왔다. 집에 와서 캔맥주 4개 더 먹고 잤다. 꿈결 같은 1박2일이 취해서 갔다.

아침부터 빨래 잔뜩. 몸을 추슬렀다. 어머니와 통화. 지난주 이모
가 세상을 떴단다. 서울 형님한테만 연락했단다.

나흘 만에 고구마밭에 가 풀을 뽑았다. 날이 더워지고 있었다. 몸
에 땀이 나고 있었다. 채송화가 피고 지고 있었다.

잠에서 깨니 오전 3시 반. 컴퓨터를 켜니 먹통이다. 일이 안 풀리
려니 어디서 똥파리 한 마리까지 들어와 사람 신경을 긁었다(이놈의
똥파리는 잡기도 어렵다). 신경 끄고(신경 끈다고 꺼지냐!) 두어 시간 지
나서야 방충망에 붙은 걸 겨우 잡을 수 있었다. 아침밥 먹고 오전
내내 고구마밭에서 풀 뽑았다. 일산에 사는 여동생 오랜만에 전화.
잘 지내나 해서 전화했단다. 심심할까 봐 전화했단다.(난 하나도 심

심하지 않다. 하루하루가 너무 빨리 이놈의 세상에서 저놈의 세상으로 달아
나나— 까먹는 건 세월, 남는 건 허송세월. 허긴 그게 인생이다.)

2 5 일　목 요 일

텃밭에서 가지, 오이 첫 수확. 고추는 벌써 따 먹고 있다. 아침밥
먹기 전에는 텃밭에서 풀 뽑고, 아침밥 먹고는 언덕배기 밭에서 풀
뽑았다. 점심밥 먹고는 텃밭에서 방울토마토 두 알을 처음 따 먹었
다. 땅의 힘, 땅의 신비는 그저 놀라울 뿐이다. 텃밭에 심은 쑥갓에
노란 꽃이 피었다. 예쁘다. 잎 뜯어 먹으려고 심은 건데 한 번도 뜯
어 먹지 못했다. 꽃 보려고 심은 꼴이 되었다. 오늘이 6·25인데
'6·25가 뭐지?' 그런 표정으로 지나갔다.

2 6 일　금 요 일

박재연 시인이 시집 《쾌락의 뒷면》을 보내왔다. 몇 편 읽었다. 그
중 하나.

부론강

부론강에 가 보았다

큰물이 지나가고 난

강변의 버드나무는

저마다 바람의 방향으로 고개를 틀고

목덜미에 검은 폐비닐을 만장처럼 날리고 섰다

강 건너 저쪽

집 한 채 짓기에 너무 쓸쓸한 풍경

수석을 줍는 남자가 허리를 펴는 사이

강물은 놀랍도록 반짝이며

연신 체위를 바꾸고

숨 가쁘게 흘러간다

외로운 사람들은 오라

깊은 슬픔이 작은 슬픔을 눈물로 어루는

강물의 연가를 들을 수 있다

장마 끝에 얼굴 내민 망초꽃 수다 사이로

머리 긴 여자 개를 끌고 강둑에 나와

그 소리 듣는다

#

이 땅에서 중요한 건 진실이 아니다. 거짓이다. 거짓이 진실이다.

#

한 번 내뱉은 말은 돌이킬 수도 다시 들이켤 수도 없다. 빌어먹을 사과는 무슨 사과. 나는 그 어느 누구의 사과도 진실하다고 생각한 적이 한 번도 없는 사람이고 앞으로도 그럴 것이라고 생각하는 사람 이다. 사과할 힘이 있고 사죄할 힘이 있으면 지금 당장 죽으면 된다.

#

나는 그렇게 말할 수밖에 없는 사람이고 너도 마찬가지다. '속에 생겨먹은 건 겉으로 드러나게 마련'(《중용》)이라는 말이 헛말이 아 니란 걸 골백번도 더 겪었다.

#

거실에 있던 벤자민 화분 들어내 물로 씻기고 하루 종일 햇빛 샤 워시켰다.

\#

잠에 관한 한 머리 기댈 데만 있으면 잠드는 잠보 아내가 오늘은 웬일인지 그것도 일요일 아침부터 뜰의 잔디를 깎고 풀을 뽑더니 (나는 언덕배기 밭에서 풀 뽑다 날도 덥고 1시간 만에 철수했다) 점심 먹기 전까지 기어코 다 끝냈다. 마당에서 수박 한 그릇씩 먹고 마을 뒷산에서 부엽토를 담아와 토마토, 고추, 가지, 오이, 호박 밑에 뿌려줬다.

\#

오늘 알게 된 사실: '어쩜, 담배를 저리도 맛있게 멋있게 태울까' 란 생각이 절로 나게 만드는 안씨 할머니(82) 집이 김씨 할머니(88) 집이었다는 것. 왜 잘못 알고 있었을까 생각해보니 안씨 할머니 집과 김씨 할머니 집 사이에 밭이 있고 그 밭 아랫집이 안씨 할머니 집이고 윗집이 김씨 할머니 집인데 그 밭에서 지난 가을 안씨 할머니로부터 대파를 산 적이 있었다. 그때 나는 응당 윗집이 안씨 할머니 집이라고 단정하고 있었던 것이다. 오늘은 큰맘 먹고 내가 지금껏 알고 있던 안씨 할머니 집에 살구를 사러 갔더니 안씨 할머니가 안 계시고 김씨 할머니가 계시기에 "이 집 할머니 어디 갔어요?" 했더니 안씨 할머니 집은 아랫집이라고 하시며 (낄낄낄) 살구를 줄 테니 그냥 가져가라고 하셨다. 김씨 할머니 집 살구나무는 세 그루다(두 그루만 보였는데 집에 들어가

보니 뒤뜰의 애기살구나무까지 전부 세 그루다). 이번 봄 내가 본 이 동네 살구꽃 중 김씨 할머니 집 살구꽃이 가장 고왔었다. 2주일 전쯤 마트에서 살구 스무 개를 7천원인가 주고 아버지가 사왔다. 오늘은 할머니 담뱃값 하시라고 만원 내고 살구를 백50개쯤 가져온 것 같다. 살구 따는 맛! 이 삶의 특별한 즐거움을 몇 십 년 만에 느껴보는 것이냐. 살구를 잔뜩 들고 김씨 할머니 집을 내려오는데 안씨 할머니가 담배 연기를 풀풀 날리며 오시는 게 아닌가.

"어, 살구 많이 얻었네!"

#

욕심이 탈색된 노파들의 아름다움.

#

오후에 여호와의 증인이 왔다 갔다. 지난번 살던 마을에도 여호와의 증인이 자주 왔었다. 매번 느끼는 것이지만 어찌 됐든 그들의 표정이, 문 밖에 서 있는 그들의 표정이, 문 안에 있는 나보다 언제나 더 밝았었다는 것. 더 행복해 보였다는 것. 어찌 됐든….

#

저녁때 빗방울 몇 점 땅바닥에 무늬만 냈다.

#

개구리 우는 소리 방충망으로 들어오고 개 짖는 소리 간간이 퍼지는 6월 밤이다.

오전 내내 비가 내렸다. 생각보다 양이 적었다. 며칠 전 받은 박재연 시집 《쾌락의 뒷면》을 오전 내내 읽었다. 이번 달은 시집이 3권이나 온 드문 달이었다. 이름 알려진 남성 시인 둘은 빼고 첫 시집 낸 박재연 시인한테만 엽서 한 장 쓰기로 했다(성차별). 저녁 뉴스 보다 잠들었다. 깨니 자정. 시원한 바람이 이마로 들어온다. 아, 행복하다.

오전 내내 언덕배기 밭에서 풀 뽑았다. 그 밭 바로 위가 그 언덕의 꼭대기인데 2천 평쯤 되는 밭이다. 그 밭의 절반은 개망초꽃이 눈 터지게 피어 있고 나머지 반의반은 더덕밭이고 그 나머지 반의반은 오늘 알게 되었는데 도라지밭이었다. 파란 도라지꽃이 장관이었다. 온몸이 알 수 없는 희열로 차올랐다. 일순간 숨이 멎을 지경은 이런 걸 두고 하는 말이 아닐까 싶었다. 집으로 오는 길에 쪽파 종자를 심고 있는 최낙현 어르신을 만났다. 쪽파 종자를 한 사발 얻어다 우리집 텃밭에 심었다. 웬일로 오늘은 아내가 집에서 저녁을 먹겠단다. 꽁치 구워 상추쌈 해서 먹었다.

7월

나팔꽃이 피었다.
달맞이꽃이 피었다.
해바라기가 피었다.
코스모스가 피었다.
참나리꽃이 피었다.
텃밭의 오이와 호박은
아침이 다르고 저녁이 다르게 굵어갔다.
눈앞이 신비고 발바닥 밑이 신비다.
신비 아닌 게 없다.
멀리 가서 구하지 마라.

오전 3시 30분에 깼다. 밀린 설거지 했다. 《현대문학》 7월호에 실린 미국 시인 나타샤 트레서웨이의 인터뷰를 읽었다. 시 5편도 함께 실려 있는데 시는 별 특별한 느낌이 없는데 인터뷰는… ('왕'은 왕은철 교수).

왕: 20세기 초, 두보이스(W. E. B. Dubois)는 피부색의 문제가 20세기의 문제라고 말한 적이 있습니다. 피부색의 문제는 21세기의 문제이기도 합니까?

트레서웨이: 두보이스가 말했던 피부색의 문제는 지금도 존재합니다. 물론 피부색을 초월할 수 있을 정도로 성공적인 사람들이 있습니다. 운동선수, 음악가, 오바마 대통령에 이르기까지 성공한 사람들은 그럴 수가 있습니다. 그러나 피부색을 초월할 수 없는 가난한 사람들이 많이 있습니다. 그들은 제도화된 차별에 속수무책으로 당하고 있습니다. 차별 철폐조

처나 소수인종보호정책이 더 이상 필요 없다고 말하는 사람들이 있습니다. 오바마 대통령의 딸에게는 그러한 것이 필요 없을 것입니다. 하지만 가난한 사람들은 건강관리, 주택, 교육 등의 문제에서 여전히 차별을 받고 있습니다. 인종의 문제가 지배적인 문제인지는 모르겠지만, 그것이 여전히 미국의 강박관념으로 남아 있는 건 사실입니다.

새벽 5시 30분에 오빈리 들판을 뛰었다. 7월 아침 공기는 진했고 오빈저수지에는 잉어가 뛰었다.

2 일 목 요 일

\#

아침부터 흐리더니 번개 치고 천둥 요란하고 비 내리 퍼붓다. 비 내음이 창을 넘어 훅 밀려들다. 텃밭 옥수숫대가 여럿 기울었다.

\#

어제는 커피를 6잔 마셨다. 오늘은 4잔. 그리고 국화차도 2잔. 커피를 줄이고 국화차를 즐겨야겠다.

#

8일째 컴퓨터가 고장 나 있다. 참 좋다.

#

저녁에 캔맥 8개 먹고 잤다.

창밖의 옥수수며 쑥갓이며 방울토마토며 호박이며 고구마며 쥐똥나무며 개집이며 개집 속의 누렁이며 꽃사과며 파란 함석지붕이며 전봇대며 참새며 언덕이며 감나무며 느티나무며 구름이며 하늘을 읽으며 지냈다.

#

헨리 데이비드 소로의 《시민의 불복종》(강승영 옮김)을 10여 년 만에 두 번째 읽다. 글의 위력이 여전하다. 그때보다 더하면 더했지 덜하지 않다. 권력자들이 봐야 할 책이지만 허구한 날 권력에 당하고 사는 국민들이 봐야 할 책이다. 헨리 데이비드 소로야말로 미국인이기 전에 지구인이고 지구인이기 전에 인간이다.

우리는 먼저 인간이어야 하고, 그 다음에 국민이어야 한다.

당신의 온몸으로 투표하라.

가장 좋은 정부는 가장 적게 다스리는 정부.

#

언덕배기 밭에서 오전 2시간 동안 풀 뽑고 참외밭에 마른 풀 깔았다. 언덕 위 도라지꽃의 아름다움은 오늘도 위력이 여전했다. 혼자보기 아까운 절경이었다.

#

저녁 바람이 흙내음을 싣고 서쪽에서 부드럽게 불어왔다.

7 일 화 요 일

새벽 6시 오빈리 들판을 뛰었다. 빗방울이 몇 점 묻었다. 오전 내내 비가 왔다. 산문을 썼다. 글이 나가지 않았다. 오후에 비가 그쳤다. 방울토마토 지주를 손봤다. 방울토마토를 한 그릇 땄다.

아침식단: 검은콩(서리태) 넣은 콩밥, 된장찌개, 배추김치, 가지무침, 마늘장아찌, 갓 구운 김, 오이, 상추, 풋고추, 토마토. 오전 3시간 동안 언덕배기 밭에 가서 풀 베고 풀 뽑고 참외밭에 마른 풀 깔았다. 밭 아래에는 묘지가 3기 있었는데 포크레인이 무덤을 팠다. 이장하고 있었다. 뼈 태우는 냄새가 야릇했다. 참새들이 텃밭 방울토마토 밑에서 흙 목욕을 했다. 후텁지근한 날씨였다. 내일은 비 예보. 저녁에 오빈리 들판을 뛰었다.

밤 1시 반에 깼다. 2시부터 빗소리 들리기 시작했다. 벌레 소리도 간간이 들리는 시원한 밤이었다. 커피 마시며 어제 받은 《르몽드 디플로마티크 한국판 7월호》에 실린 송두율의 〈야만의 법치에 맞서 무엇을 할 것인가〉와 김득중의 〈한국에서 '빨갱이'는 어떻게 만들어졌나〉를 우선 읽었다. 두 사람 글은 처음 읽는데 무슨 말인지 알아먹을 수 있게 써서 좋았다. (알아먹을 수 없는 언어법벽의 암호문서 같은 시나 철학은 빨리 쓰레기통에 버린다. 빠를수록 좋다.) 김득중 글의 한 대목: 정부 진압군에게 죽음을 당한 사람들 모두가 공산주의자가 아니었다. 여순 사건에서 군경에게 학살당한 사람들은 "공산주의자라서 죽음을 당한 것이 아니라, 죽은 다음에 공산주의자가 되었다."

오전 내내 가지런히 비가 내리더니 점심 무렵 강풍에 빗발이 심하게 꺾였다. 하루 종일 비가 내렸다. 지난 4월에 심은 뜰 앞 살구나무에 살구가 11개 맺혔고 그중 5개가 남았다. 오늘 비바람에 한 알이 또 떨어졌다. 저녁에 고장 난 컴퓨터를 2주 만에 작동시켰다.

1 0 일   금 요 일

노무현 대통령 사십구재. 아침 6시 오빈리 들판을 뛰었다. 농로 옆 수로엔 어제 내린 비로 유속이 빨랐다. 농로 위엔 범람한 논물에 떠내려 온 우렁이들이 적지 않았고 그 위를 경운기가 지나다녔다. 맑은 날이었고 오후엔 조동진의 〈저문 길을 걸으며〉 들었다.

저문 길을 걸으며

너를 생각했었다

아주 오래전 겨울

우리만 남았을 때

나는 네 여린 손을 잡고

어찌해야 좋을지 몰랐었다

무딘 세월은 흘러

아픔만 남았을 때

나는 내 침묵의 날들을 어찌해야 좋을지 몰랐었다

나는 언제나

채워지지 않는 가슴으로

아주 쉬운 일도 어렵게 만들어

너를 울리고

하루에도 몇 번씩

너를 떠날 생각에

네가 나를 떠난 것도

나는 잊고 있었다

나팔꽃이 피었다. 달맞이꽃이 피었다. 해바라기가 피었다. 코스모스가 피었다. 참나리꽃이 피었다. 텃밭의 오이와 호박은 아침이

다르고 저녁이 다르게 굵어갔다. 눈앞이 신비고 발바닥 밑이 신비
다. 신비 아닌 게 없다. 멀리 가서 구하지 마라.

밤 2시에 깼다. 비가 오고 있었다. 청개구리 한 마리가 방에 들어
와 있었다. A4용지 위에 올려 창밖으로 보냈다. 보내놓고 나니 어린
청개구리여서 무사히 착지했을까 염려스러웠다. 시를 쓰려고 했으
나 시가 써지지 않았다. 그런 날들이 이어지고 있다. 동어반복이 아
닌 나만의 단 한 줄의 새로운 시를 어떻게 쓴담. 오늘은 지난 목요
일에 이어 많은 비가 종일토록 내렸다. 저녁때 비 그치고 오빈리 일
대를 산책했다. 바람은 부드럽고 시원하게 불어와 오빈리 들판의
벼를 쓰다듬으며 들녘 끝으로 물결쳐갔다. 호우 지나간 대기는 선
도가 뛰어나 나를 조금 젊게 했다.

어제 뜰 한가운데 지하수 퍼 올리는 전기펌프 박스에 빗물이 차
보온용으로 넣어둔 스티로폼을 밀어 올리는 바람에 무거운 철판 덮
개가 들리는 일이 벌어졌다. 빗속에 몇 바가지 물 퍼내다 바로 접었

다. 오늘 열어보니 다행히 물이 빠졌다. 배수구가 거의 흙으로 메워져 있었다. 바닥에 있는 흙을 긁어내고 배수구 구멍에 들어찬 흙도 일부 퍼냈다. 저녁때 오빈리 들판을 뛰었다. 오늘 텃밭에서 호박을 처음 땄다. 향이 좋았다. 호박꽃은 언제 봐도 이쁘다. 빗속의 노란 호박꽃은 더 그렇다. 우리 어린 시절엔 못생긴 여자를 호박꽃이라 불렀다. 왜 저 이쁜 꽃에 그런 비유를 썼을까. 왜?

1 4 일   화 요 일

하루 종일 비가 왔다. 빗속에 참나리꽃이 끄떡없었다. 저녁에 캔 맥 6개 먹었다.

1 5 일   수 요 일

오빈리 들판을 뛰었다. (비 지나간) 텃밭에 드러난 돌을 골라냈다. 마을 부녀회에서 갖고 온 돌미역을 5천원에 샀다. 참나리꽃이 한창이었다. 친구 집에 놀러간 규은이 데려왔다. 꽁치 구워 저녁 먹었다.

마을에서 가까운 덕평천으로 아침 산책 갔다. 천변으로 피어 있는 달맞이꽃이 메마른 내 마음에 물기를 줬다. 규은이는 생리통이 심해 학교 빠졌다. 피 묻은 속옷이며 바지 빨았다. 개수대 구닥다리 개수구멍 땜에 물이 잘 안 빠져 부아가 치밀었다. 트래핑 붓는 짓도 그만둬야 할 것 같다. 갈아야겠다. 화창한 날씨였다. 벤자민 화분 호스로 물 샤워시키고 진딧물은 키친 타올로 일일이 닦아내고 온종일 일광욕시켰다. 캔맥주 11개 먹고 잤다.

무력했다.

오빈리 들판을 뛰었다. 비가 오락가락했다. 온종일 그랬다. 이따금 강풍이 불었다. 옥수숫대가 심하게 기울었다. 언덕 위 느티나무가 휘청거렸다. 저녁때 화가 수시로 끓어올라 견디기 힘들었다. 인간관계란 결국 서로 상처주고 상처받기 그 이상도 이하도 아니라고 생각하니 씁쓸하다.

화가 끓었다. 서준섭 선생님께서 안부 전화 겸 격려 전화 하시다.
1600ml 맥주 3통 먹으며 화를 일시적으로 겨우 마비시켰다.

아내 속초로 연수(1박2일) 갔다. 어제 하도 울화가 치밀어 사람을
불렀다. 조성림 시인, 그림 그리는 정현우 형, 한승태 시인이 춘천
서 와줘서 기뻤다. 인근 옥천함흥냉면집에서 완자 안주에 동동주
먹고 비빔냉면 먹었다. 오빈저수지에서 담배 한 대 태우고 집으로
와 옥상에서 자정까지 맥주 먹으며 웃음이 끊이지 않았다. 한승태
시인은 출근 땜에 밤에 가고 두 분은 함께 잤다.

새벽 5시경 달그락거리는 소리가 들려 깼더니 조성림 시인이 아
침 산책 하러 현관문을 열려 하고 있었다. 조성림 시인은 수학교사
이자 중학교 교감 선생님. 예전에도 가끔 같이 숙박하면 아침 일찍
사라지곤 했다. 가히 '새벽의 사나이'라 할 만하다. 8시경 커피 한
잔씩 하고 두 분 춘천으로 출발했다. 점심때 속초 갔던 아내 왔다.

마른오징어 한 축과 횟감 고등어(알 있는 고등어는 처음 본다)를 구이용으로 손질해 왔다. 한계령에서 옥수수도 한 꾸러미 사왔기에 몇 개 쪄 먹었다. 어릴 적 맛봤던 쫀득쫀득한 강원도 찰옥수수 맛은 아니지만 먹을 만했다. 저녁에 고등어 구워 먹었다. 고등어구이 맛이 거룩했다. 더웠지만 바람이 더위를 잊게 할 만큼 자주 창을 넘어 불어온 날이었다. 시도 쓰지 못하고 책도 도통 읽히지 않는 날들이 이어지고 있다.

무더운 날씨였다. 오전에 언덕배기 밭에 가 2시간 동안 풀 뽑았다. 오후에 딸과 함께 애니메이션 〈나무를 심은 사람〉(장 지오노 원작, 프레데릭 바크 작화)을 봤다. 역시 책(문자)만한 영상이 없다.

미디어 악법 국회 통과. 결국 한통속. 한국 사회는 무늬만 민주주의. 참담한 하루였다.

텃밭 호박, 오이, 가지에 거름 주다. 저녁에 오빈리 들판을 뛰었다.

무력했다.

안경을 새로 맞췄다. 안경테가 낡아 안경알이 약간 삐져나온 상태였다. 안경점에 대해선 늘 반신반의하는 편인데, 아내가 소개한 안경점에 갔다. 처방이 눈에 편했다.

잊을 수 없는 일 하나: 1986년 군생활 때 군부대 가까운 산골 읍내에 안경점이 둘 있었다. 그중 한 안경점에서 맞춘 안경은 며칠이 지나도 눈이 견디기 어려울 정도로 어지러웠다. 다른 안경점 주인이 했던 말. "있을 수 없는 처방이다!"

\#

불고기 해서 아침 먹었다. 규은이는 애비하고 달리 육회도 잘 먹는다. 언덕배기 밭에 가 오전 2시간 동안 고구마밭 풀 뽑고 호박 지지대 설치하고 참외밭 손봤다. 참외가 여럿 크고 있었다. 일하는 틈

틈이 먼데 산과 구름을 가슴에 넣었다. 저녁에 딸과 함께 오빈리 들판을 산책했다.

#

우리집 옆에 마을 가로등이 있다. 밤새 늘 환하다. 그 옆은 논이다. 오늘 밤 불이 꺼져 있다. 벼가 익는 데 악영향을 미치기 때문에 벼 익을 때까지 꺼둘 모양이다. 우리집 뜰의 감나무며 벚나무며 청매실나무며 자두나무며 살구나무며 수수꽃다리 수면에 방해가 돼서 그동안 염려했는데 한동안 안심이다.

거실 창문으로 집 앞 길섶에 핀 달맞이꽃이 가슴 한 가득 들어왔다. 꽃이야 대개 이쁘지만 유독 저 꽃에 마음이 더 가는 까닭은 뭘까. 벌써 여러 번 따 먹은 방울토마토를 오늘도 한 대접 땄다. 맛이 더 깊어졌다. 저녁에 끓어오르는 화 때문에 괴로웠다.

밤에 잠이 오지 않았다. 잠깐 눈 붙이고 일어나 《노자》 읽었다. 새벽 5시 30분 입으로 "번뇌!" "망상!"을 중얼거리며 오빈리 들판을 뛰었다. 오빈저수지에서는 잉어가 두 번이나 뛰었다. 텃밭에서 오늘 처음으로 옥수수 네 통을 따서 쪄 먹었다. 일부러 조금 덜 여문 걸 따서 그런지 어릴 적 먹던 맛이 되살아났다. 지난주 강원도에서 아내가 사온 옥수수는 그런대로 먹을 만했지만 맛있다고 할 수는 없었다. 오늘은 규은이가 "아빠, 옥수수 더 없어요?" 서너 번 찾았다. 호박잎, 고춧잎 넣고 고등어조림 해 딸과 함께 저녁 먹었다. 최근 한 달 중 기분이 가장 좋은 날이었다.

언덕배기 밭에서 옥수수를 처음 땄다. 텃밭에서도 옥수수를 땄다. 저녁에 딸과 함께 오빈저수지를 한 바퀴 돌며 산책했다. 일 년에 몇 번 있을까 말까 한 쾌적한 날씨였다.

싱크대 배수구멍을 교체했다. 구형인 데다 물 빠짐도 좋지 않았다. A/S가 되는 걸 모르고 지금까지 지낸 걸 생각하니 어이가 없다. 저녁에 오빈리 들판을 뛰었다.

언덕배기 밭에서 참외를 5개 첫 수확했다. 그 단맛의 깊이에 아내와 딸 모두 기뻐했다. 지난 5월 19일 모종을 심었으니 두 달여 만에 맞는 사건이었다. 낮에 천둥 요란하더니 한소나기 했다. 저녁에 오빈리 들판을 뛰었다. 이유가 없다. 걷거나 뛰거나 할 때 나는 확실히 살아 있다.

2 0 0 9 년

8월

똑같은 사람이 폭력을 일삼는 친위대원이 될 수도 있고
성인군자가 될 수도 있습니다.
모든 것이 환경, 그리고 개인의 선택에 달려 있습니다.
—노엄 촘스키

텃밭에서 기른 채소로 밥상을 채워서 그런지 오늘 아침 대변 색깔이 최근 몇 년 새 가장 좋았다. 언덕배기 밭에서 오전 2시간 동안 배추와 무 심을 땅을 쇠스랑으로 파 엎었다. 참외 2개, 호박 1개, 깻잎과 고추도 땄다. 저녁에 규은이와 산책했다. 아내는 오후 내내 뜰의 풀 뽑았다. 오빈리에 여름이 한창이다.

밤 1시 30분에 깼다. 밀린 설거지 했다. 《논어》 읽었다. 아침 먹고 텃밭에서 풀 뽑았다. 언덕배기 밭에서 참외 5개와 옥수수 4통을 땄다. 이웃집 누렁이에게 마른오징어 다리 3개를 갖다줬다. 저녁에 오빈리 들판을 뛰었다. 밤에 'EBS 한국영화특선' 〈하녀〉(김기영 감독) 보다 결국 다 못 보고 곯아떨어졌다.

언덕배기 밭에 가서 호박에 거름 주고 풀 뽑고 호박 줄기 손봤다. 이선영 시인이 시집 《포도알이 남기는 미래》를 보내왔다. 뒷집 배씨 아주머니 집에서 최낙현 어르신과 호박 부침개 해서 대낮부터 소주 깠다.

주문한 책과 CD가 왔다.

《예수전》(김규항)

《촘스키, 누가 무엇으로 세상을 지배하는가》

《촘스키, 우리가 모르는 미국 그리고 세계》

《Somewhere》(에바 캐시디)

《떠돌이별 임의진의 보헤미안》

《떠돌이별 임의진의 커피여행》

#

우리 뒷집에는 누렁이가 살았다.〔"개 이름이 뭐예요?" 물으면 "그냥, 누렁이라 불러요!"〕 사람들이 지나다니는 길 옆 개집에 살았는데 이 동네 사람들의 사랑을 듬뿍 받았다.〔나는 개 싫어하는 사람. 애완용 작은 개는 딱 질색.〕 누렁이는 잘 짖지 않았는데 한번 짖으면 포효하듯 목소리가 우렁찼다. 개 싫어하는 나도 이 누렁이만큼은 좋아했다. 그래서 가끔 마른오징어 다리나 멸치, 마른 명태 머리 같은 걸 갖다 줬다. 갖다주면 개 주인 아주머니가 그랬다.

"사람도 못 먹는 오징어 다리 왜 갖다줘!"

#

지난 일요일날 누렁이에게 마른오징어 다리를 갖다줬는데 그날 은 먹지 않았다.

#

오늘 아침 산책길이었다. 평소에 못 보던 개가 앞을 막고 사납게 짖기에 '에이, 오늘은 그만 걷자' 며 방향을 틀어 집으로 왔다. 집으 로 오다 누렁이 얼굴을 마지막으로 봤다. 암흑이 그득했다. 그리고 채

한 시간도 안 돼… 우리 뒷집 누렁이는 그 옆집 박씨 아저씨 경운기 뒤에 묶여 네 발 질질 끌리며 끌려갔다. 조금 있다 뒤따라 가보니 누렁이는 생똥(덜 소화되고 나온 똥)을 질질 흘리며 끌려갔다. 내 사소한 일상에서 중요한 뭔가가 빠져나간 것처럼 허전했다.

비가 왔다. 뜰과 텃밭에 난 잡초 뽑았다. 언덕배기 밭에 가서 옥수수, 고추, 참외, 깻잎 따 왔다. 벌레 숭숭 먹은 깻잎은 그 향이 진하고 진했다.

정신 차리고 있어도 노예 상태를 벗어나기 어려운 세상에 (살고) 있다. 우리는 우리가 노예 상태에 있는지조차 모른다. 〔이렇게 말하긴 싫지만〕 그게 차라리 대중에게 그나마 더 편할지도 모르겠다. 예나 이제나 세상은 다수의 노예들 세상 아닌가. 정신(각성) 차릴 틈이 없다. 내 집에도 수십 개 TV채널이 들어온다. 볼 게 없다. 판박이 오락 아니면 앵무새 뉴스.

아우 용철, 제수씨, 조카 성은 · 성주 오다. 저녁에 외식(한우)하고 집에 와 포도주, 맥주, 소주 먹었다.

아우, 밤에 가다. 낮에 언덕배기 밭에서 딴 참외, 호박, 고추, 호박잎, 깻잎 넣어 보내다. 허전하다.

비가 왔다. 《촘스키, 누가 무엇으로 세상을 지배하는가》(강주헌 옮김) 읽으며 지냈다. 그중:

> 똑같은 사람이 폭력을 일삼는 친위대원이 될 수도 있고 성인군자가 될 수도 있습니다. 모든 것이 환경, 그리고 개인의 선택에 달려 있습니다.

> …민주주의를 어떻게 정의하느냐에 달려 있습니다. 특히 미국에 널리 알려진 이론으로 거의 공식화된 이론에 따르면, 민주주의는 '국민이 당사자가 아니라 방관자에 머무는 체제'입니다. 일정한 시간적 간격을 두고

국민은 투표권을 행사하며 그들에게 나아갈 방향을 지시해줄 지도자를 선택합니다. 이런 권리를 행사한 후에는 집에 얌전히 틀어박혀 있어야 합니다. 주어진 일에 열중하고 벌어들인 돈으로 소비하고 텔레비전을 시청하며 요리나 하면서 지내야 합니다. 국가를 성가시게 굴어서는 안 됩니다. 바로 이런 것이 민주주의입니다…

　─노엄 촘스키

모기에 뜯기다 밤 1시 30분에 깼다. 2시부터 비가 내렸다 그쳤다 했다. 몇 줄의 산문을 썼으나 글이 나가지 않았다. 김규항의 《예수전》을 읽었다. 5시 30분에 다시 잤다. 7시에 깨니 비가 퍼붓고 있었다. 오전 내내 비가 쏟아졌다. 《르몽드 디플로마티크 한국판 8월호》가 왔다. 우선 박노자의 〈한-일 극우세력 '영토 민족주의'로 공생〉 읽었다. 오후 들어 비 그치고 간만에 오빈리 들판을 뛰었다. 약간의 햇살이 비치더니 저녁때 북동쪽 하늘에 무지개 걸렸다. 남서쪽 하늘엔 노을이 황홀했다. 아내와 딸과 함께 옥상에 올라가 그 광경을 지켜봤다. 언제나 그렇지만 오늘도 일생에 단 하루밖에 없는 하루였다.

CD《임의진의 커피여행》들었다. 〈Shenandoah〉(Amir Haghighi
& Amy Stephen), 〈Leanbh An Aigh(Morning Has Broken)〉(Finola
O Siochru), 〈The Mountain〉(Donovan) 세 곡이 좋았다. 도노반의
노래들을 더 듣고 싶었다.

햇빛이 작열하는 하루였다. 언덕배기 참외밭 풀이 무성했다. 풀
솎아내다 낫에 손가락을 베였다. 저녁에 오빈리 들판을 뛰었다. 해
가 지자 서편 하늘에서 시원한 바람이 불어왔다. 깨우침도 필요 없
는 행복의 짧은 순간이었다.

나보다 큰 것은 없다.
그게 비극이다.

　나는 세상을 바꾸고 싶다. 나는 나를 바꾸고 싶다. 나를 죽이는
(바꾸는) 게 일차혁명인데 나는 나를 죽이지 못한다. 내가 나도 못
죽이는데 뭘 바꾸겠는가.

　시를 썼다. 쓰려고 했다. 풀벌레 소리 가득한 밤이었다. 도노반의
〈The Quest〉를 들었다.

　춘천 갔다. 술에 절었다.

　아침부터 조성림 시인과 소양교 옆 달팽이해장국집에서 해장국
먹으며 소주 두 병 깠다. 조 시인은 나보다 십 년이나 위인데도 친
구 같다. 그는 아랫사람들과 즐겁게 술 마시고 놀려고 하지 폼 잡고
군림하려 들지 않는다.(“내가 니 선뱅데”라든가 “내가 니 선생인데”라며

유세부리려 드는 유의 인간들을 나는 내 곁에 두지 않는다. 내가 그 꼴을 못 본다. 그럼 그러는 너는 니 후배나 아랫사람들에게…] 명곡사에 들러 CD 《임의진의 여행자의 노래 1》 사드렸더니 어느 순간 차비 하라고 내 바지 주머니에 손을 넣으셨다. 한낮에는 조 선생님과 동부시장 술집에서 맥주 먹으며 가끔 노래도 부르고 시도 읽었다. 저녁 무렵 옥천동 생선구이집에서 밥 먹고 술 먹고 헤어졌다. 취한 하루였다. 밤에 허림 시인이 나를 오빈리까지 배달해주고 갔다. 민폐 끼친 하루였다.

낮 한때 소나기. 오후에 개고 하루 종일 무기력했다. 오빈리에 가을이 오고 있다.

사흘 만에 언덕배기 밭에 갔다. 참외가 여럿 썩어 있었다. 깻잎과 고추 따서 집으로 왔다. 아침에 아내가 해놓은 닭도리탕을 딸과 함께 점심때 먹었다. 아내는 남한강 연수원으로 1박2일 연수 갔다. 밀린 빨래에서 냄새가 나 삶았다. 저녁때 오빈리 들판을 나흘 만에 뛰었다. 햇빛이 간간하고 햇빛 구름 사이로 푸르고 높고 맑은 하늘이 거기 있었다. 하지만 내 마음 속엔 허무와 쓸쓸함, 삶의 우울 같은 게 가득했다. 어찌 됐든 가을이 오고 있다. 오빈리에 가을이 오고 있다.

구름이 간간이 끼었지만 화창했다. 서늘한 바람이 이마에 닿곤 했다. 여름이 가고 있었다. 오빈리에 들어와 산 지 1년이 다 돼가고 있었다. 빨갛게 익은 방울토마토를 양푼 하나 가득 땄다. 거미 한 마리는 A4 용지 위에 얹어 집 밖에 내려놓았고 이름 모르는 벌레 한 마리는 휴지에 싸 변기에 넣었다. 저녁엔 딸과 함께 산책했다. 용문 산 백운봉, 삿갓봉이 잡힐 듯 가까웠다. 늘상 그렇게 생각하지 않고 살 뿐, 하루가 일생에서 사라지는 것처럼 절박한 게 또 있을까.

세상에 믿을 건 인간이 죽는다는 사실 하나뿐이지만— 저녁 서편 하늘에 노을이 고왔다.

어제 온수가 안 나왔다. 심야전기보일러 작동 시간(밤 11시부터 다음 날 오전 9시까지)에 온수통을 살폈더니 누전 차단기가 내려가 있었다. 올려도 올라가지 않았다. 달력을 들춰보니 지난 3월 18일 누전 차단기를 교체했다. ××보일러에 연락하니 시간 약속에 맞춰 기사가 왔다. 누전 차단기 밑에 있는 히터가 낡아 7만원 들여 교체했다. 오전이 다 갔다. 오늘도 텃밭에서 방울토마토를 한 대접 땄다. 흙의 위대함 앞에 더 무슨 말이 필요하랴. 흙뿐이겠는가. 공기, 물, 불… 오염된 흙은 오염된 인간의 상징이다. 흙뿐이겠는가. 지난 봄 뜰에 심은 나무는 자두나무, 살구나무, 감나무, 청매실나무, 벚나무 두 그루, 수수꽃다리 해서 7그루였다. 다 잘 착근해 여름을 나고 있다. 감나무만 유독 몸살을 심하게 하는 거 같아 늘 마음이 쓰인다. 요절한 미국 여가수 에바 캐시디(Eva Cassidy)의 《Somewhere》 앨범을 들었다. 그중 〈Coat of Many Colors〉를 들으니 행복했다. 기타리스트 쳇 앳킨스(Chet Atkins)의 《Almost Alone》도 들었다. 그중 〈Pu, Uana Hulu〉가 특히 좋았다.

언덕배기 밭에 배추는 모종을 심고 무는 파종했다. 호박된장찌개

끓여 점심 먹고 잠시 꿀맛 같은 낮잠. 자고 일어나 빨래 널고 듣는 그리스 여가수 마리아 파란두리(Maria Farantouri)와 사비나 야나투의 음성.

아아, 어떻게 나를 벗어난단 말인가.

오늘 딸아이가 한 소리 했다.

"아빠, 술 줄이세요. 화가 난다고 울적하다고 자꾸 술 드시면 어떡해요! 제가 기분 안 좋다고 컴퓨터 게임 하는 거랑 뭐가 달라요!"

아내가 옆에서 한 마디 거들었다.

"술이 술을 부른다!"

170

가을바람이 불어왔다. 초저녁 밤하늘에 달이 고왔다.

그리스 여가수 마리아 파란두리가 부르는 〈으슥한 해변에서〉(아르니시 스또 뻬리걀리 또 끄리포)와 스페인 여가수 마리아 델 마르 보네(Maria Del Mar Bonet)가 부르는 〈Perigiali〉를 계속 반복해 들으며 오전 4시까지 맥주 먹었다.

2 0 0 9 년

9월

몸을 내어놓고 간 여인이 있었다
눈물 두어 점 내려놓고 간 여인이 있었다
변심한 애인 마음 돌리려 찾아든 추녀가 있었다
이스탄불이라고 했던가 그리스라고 했던가
국적을 달리한 남자에게 몸을 내려놓았다는
소식이 왔었다 곧 잊었다
뜰 앞의 국화가 피기 시작했다
귀밑머리도 희어지기 시작했다
아주 가끔 네 얼굴이 내 심장 저 멀리서 올라왔지만
이제 네 소식을 묻는 자도 전하는 자도 오지 않았다

　오전 내내 잤다. 저녁때 오빈리 들판을 걸었다. 논두렁길을 걸었
다. 높고 푸른 하늘이 거기 있었다. 햇살의 살이 천지에 고루 닿는
아름다운 날씨였다. 밤에 친구 훈교로부터 전화.

　"언제 얼굴 보여줄 거야?"

　"강릉 올 자신 있지?"

　오전 내내 집 앞 쥐똥나무 울타리 가지 치고 뜰 안 주목과 철쭉도
가지 쳤다. 지난봄 주목에서 피던 연둣빛은 황홀했다. 철쭉은 또 그
빛이 어떠했던가. 나무와 꽃이 인간을 위해 있는 건 아니겠지만 나
무와 꽃 없는 세상에 산다고 하면 거기가 바로 지옥이 아니겠는가.

저녁 9시 뉴스를 보다 꺼버렸다. 점점 뉴스 볼 마음이 안 난다. 세상을 바꾸고 싶거든, 나를 바꾸고 싶거든 우선 TV를 꺼라. 그리고 〔 〕을 선택하라. 그리고 〔 〕을 선택하라. 그리고….

오전에 뜰의 주목과 철쭉 가지 쳤다. 점심때 언덕배기 밭에 가서 풀 베고 호박 넝쿨 손봤다. 고추, 깻잎, 호박을 땄다. 올해 마지막 참외 하나도 땄다. 참외는 단맛이 없었다. 점심 먹고 텃밭에서 방울토마토 한 그릇 따고 햇빛이 잘 들도록 줄기 손봤다. 저녁때 뜰의 주목과 철쭉 손봤다. 지난주 텃밭에 심은 얼갈이배추와 상추가 싹을 내밀었다. 이뻤고 경이로웠다. 물을 흠뻑 줬다. 맑고 높고 푸른 날들이, 햇살의 날들이 계속됐다.

오빈리 들판의 벼들이 익어가고 있다. 새 쫓는 딱총 소리 가끔 들린다. '저 가을 날씨만 같아라' 그러고 싶은 맑고 높고 푸른 가을날들이 계속되고 있다.

여명을 지나왔다. 풀벌레 우는 소리를 지나왔다. 닭 우는 소리를
지나왔다. 달맞이꽃을 지나왔다. 오빈리 들판을 지나왔다. 인사하
는 이웃집 아주머니를 지나왔다. 오빈저수지를 지나왔다. 일출을
지나왔다. 논을 지나왔다. 우렁이를 지나왔다. 딱총을 들고 새 쫓는
농부를 지나왔다. 깨밭을 지나왔다. 고개 숙인 해바라기를 지나왔
다. 고추밭을 지나왔다. 나팔꽃을 지나왔다. 느티나무를 지나왔다.
배드민턴 치는 부부를 지나왔다. 오빈1리길12번길을 지나왔다. 감
나무를 지나왔다. 대추나무를 지나왔다. 토란을 지나왔다. 배추밭
을 지나왔다. 콩밭을 지나왔다. 소나무를 지나왔다. 뽕나무를 지나
왔다. 잣나무를 지나왔다. 오죽을 지나왔다. 고구마밭을 지나왔다.
오빈1리길20번길을 지나왔다. 호박 따는 할머니를 지나왔다. 꽃사
과를 지나왔다. 누렁이 없는 개집을 지나왔다. 댑싸리를 지나왔다.
코스모스를 지나왔다. 오빈길132번길을 지나왔다. 아침밥을 지나
왔다. 카레를 지나왔다. 호박된장찌개를 지나왔다. 가지무침을 지
나왔다. 깻잎조림을 지나왔다. 마늘장아찌를 지나왔다. 풋고추를
지나왔다. 뜰을 지나왔다. 주목을 지나왔다. 철쭉을 지나왔다. 개구
리를 지나왔다. 사마귀를 지나왔다. 달개비꽃을 지나왔다. 수수꽃
다리를 지나왔다. 자두나무를 지나왔다. 살구나무를 지나왔다. 싹
튼 얼갈이배추를 지나왔다. 싹 튼 가을 상추를 지나왔다. 싹 튼 시

금치를 지나왔다. 호박꽃을 지나왔다. 아주까리를 지나왔다. 대파를 지나왔다. 방울토마토를 지나왔다. 벤자민을 지나왔다. 남천을 지나왔다. 죽도화를 지나왔다. 수제비국을 지나왔다. 풋고추를 지나왔다. 된장을 지나왔다. 포도를 지나왔다. 반건조 오징어를 지나왔다. 빨래를 지나왔다. 낮잠을 지나왔다. 오빈길116번길을 지나왔다. 돌담을 지나왔다. 색동호박을 지나왔다. 흙벽을 지나왔다. 장닭을 지나왔다. 은행나무를 지나왔다. 오빈길98번길을 지나왔다. 밤나무를 지나왔다. 바위를 지나왔다. 담쟁이넝쿨을 지나왔다. 바위 위의 달덩이 같은 박을 지나왔다. 덕평천을 지나왔다. 강아지풀을 지나왔다. 농로를 지나왔다. 화물열차를 지나왔다. 무궁화호기차를 지나왔다. 노을을 지나왔다. 부추꽃을 지나왔다. 오빈길132번길을 지나왔다. 저녁밥을 지나왔다. 배춧국을 지나왔다. 달걀 프라이를 지나왔다. 김을 지나왔다. 풋고추를 지나왔다. 깻잎을 지나왔다. 마늘장아찌를 지나왔다. 결명자 차를 지나왔다. 사과를 지나왔다. 포도를 지나왔다. 해를 지나왔다. 달을 지나왔다. 지나온 것 중에 경이롭지 않은 게 없었다. 지나왔지만 지나오지 않고 지나쳐버린 것들은 또 얼마나 많은 하루였던가.

오빈리에서 1년을 살았다. 사람들은 배타적이지 않았고 텃세 부리지 않았다.

언덕배기 배추밭과 무밭 풀 뽑았다. 고추와 깻잎을 따 왔다. 날씨는 원 없이 맑았고 한없이 쾌적했다.

갈등을 건너야 한다.

주석 탓인지 김규항의 《예수전》을 맛있게 읽었다. 김규항도 알아먹게 글을 써서 좋다. 대한민국의 공부깨나 했다는 인간들의 도무지 알아먹을 수 없는 그 언어범벅들을 생각해보라. 나는 김규항의 《나는 왜 불온한가》를 읽으면서 그가 김수영 이후 우리나라에서 가장 힘 있는 산문을 쓰는 한 사람이라고 생각하게 되었다. 《예수전》

의 몇 대목:

　예수의 태도는 우선 오늘날의 교회(이들 가운데 상당수는 스스로를 '성전'이라 부르기도 한다)에 우리가 어떤 태도를 가져야 할지 깨우침을 준다. 그 교회들이 이미 '교회가 아니'라, 교회를 가장한 상점 혹은 기업이라면, 그것은 비판과 개혁의 대상이 아니라 부인의 대상일 뿐이다. 예수가 '그래도 성전인데' 하며 침묵하던 사람들 앞에서 "강도들의 소굴"이라 외쳤듯이 우리는 '그래도 교회인데' 하며 침묵하는 사람들 앞에서 "강도들의 소굴"이라 외쳐야 한다.

　그러나 예수 당시의 성전이 단지 종교적 의미를 넘어 지배체제의 핵심이었다는 사실에서, 예수의 태도를 전사회적 영역으로 확대해보아야만 한다. 예수는 억압의 사회체제가 피억압자들의 비굴과 무기력에 힘입어 유지된다는 사실을 폭로한다. 앞서 말했듯 인민들은 성전의 실상을 이미 알고 있었다. 그렇다면 그들은 "저것은 더 이상 성전이 아니다", "하느님은 저곳에 거하시지 않는다"고 말해야 했다. 그러나 그들은 침묵했다. 그리고 그 침묵엔 예의 순진함 외에 '세상이 다 그런 거지' 하는 비굴과 무기력이 들어 있었다.

　우리는 대개 어떤 불의한 사회체제를 유지하는 힘이 전적으로 그 체제의 지배세력에서 나온다고 생각하곤 한다. 이를테면 1970년대 한국의 군사 파시즘 체제를 유지하는 힘은 전적으로 박정희 패거리라고 생각하는 것이다. 인민은 다만 그 포악한 체제의 일방적 희생자로 묘사된다. '박정희 군사 파시즘에 신음하던 인민들.' 그러나 그 시절 대개의 인민들은 '신음'하지 않았다. 오히려 '세상이 다 그런 거지', '사람이 하는 일인데 완벽할 수야 있나' 하며 제 식구들 챙기며 오순도순 살았을 뿐이다. 불의한 사회체제를 유지하는 더 근본적인 힘은 바로 인민들의 비굴과 무기력이다. 사실 제아무리 포악하고 강한 사회체제라고 해도 대다수 인민들이 한꺼번에 거부 의사를 표시하면 당장이라도 맥없이 무너지게 되어 있다. 예수는 수많은 인민들 앞에서 그들의 비굴과 무기력을 일깨우는 것이다. (180~182쪽)

예수에 관한 가장 흔한 오해 가운데 하나는 예수가 무조건적인 용서를 설파했다는 것이다. '오른뺨을 때리면 왼뺨도 갖다 대라'는 그의 말(마태 5:39)은 불의와 폭력에 대한 무기력한 순응을 강요하는 데 활용되어온 가장 유명한 경구다. 그러나 오늘 좀더 섬세한 시각을 가진 사람들은 예수의 이 경구가 오히려 저항의 의미를 담고 있음을 알아챈다. 사람은 대개 오른손잡이다. 오른손은 '바른손'이며 고대사회에선 더욱 그랬다. 그래서 일반적으로 뺨을 때린다는 건 오른손으로 상대의 왼뺨을 때리는 것이다. 그런데 예수는 "오른뺨을 때리면"이라고 했다. 손바닥이 아니라 손등으로 때렸다는 말이다. 손등으로 뺨을 때리는 행위는 당시 유다 사회에서 하찮은 상대를 모욕할 때 사용되곤 했다. 그렇게 모욕당한 사람에게 예수는 '왼뺨도 갖다 대라'고 말한다. '나는 너와 다름없는 존엄한 인간이다. 자, 다시 제대로 때려라' 하고 조용히 외치라는 것이다. 무조건적으로 용서하고 순응하라는 말이 아니라 오히려 단호하게 저항하라, 불복종을 선언하라는 것이다. (187~188쪽)

1 1 일　금 요 일

집 주위의 풀을 뽑았다. 오빈리 들판을 뛰었다. 서편 하늘 노을이 장엄했다.

1 2 일　토 요 일

참담한 하루였다.

1 3 일　일 요 일

하루 종일 누워 있었다. 죽고 싶은 생각이 가득 밀려왔다.

나흘 만에 오빈리 들판을 걸었다. 그새 추수 끝난 논이 있었고 추수하고 있는 논도 눈에 띄었다. 저녁에 어머님이 전화하셨다. 목소리가 맑고 밝았다. 여동생이 강릉서 며칠 같이 있기로 했단다. 인터넷에서 우연찮게 일본 시인 쓰보이 시게지의 〈소리〉란 시를 읽었다.

벌레 소리가 들려온다

가을도 지나

지금은 벌써 한겨울인데

아직 죽지 못했는지

벌레 소리가 들려온다

살아 있는 것도

죽어 있는 것도

공격하고 있는 것도

공격받고 있는 것도

모두 얼어 있다

아아, 그 먼 전장으로부터인가

또다시 벌레 소리가 들려온다

너무 지쳐서

들리는 이명인가

아니, 그 아이가

어디선가 부르고 있는지도 모른다

총탄에 쓰러진 그 아이는

이미 살아올 수 없는데

소리만 살아서

부르고 있는 것일까

뭐라고 소리치며

그 아이는 쓰러졌을까

목청껏 외치면서도

총탄 소리에 파묻혀

그대로 숨진 것일까

아니면

한마디 소리칠 틈도 없이

쓰러졌을까

만세를 부르며 죽는 사람도 있다고 한다

어머니를 부르며 죽는 사람도 있다고 한다

그 아이는

뭐라고

뭐라고 외치며 죽었을까

(역자 미상)

#

아침 6시 마을길을 걸었다. 안개가 자욱했다. 가시거리가 백 미터
도 안 됐다. 개울과 농로 사이에 있는 밤나무 밑에서 알밤을 11톨
주웠다. 아침부터 생각 못한 횡재. 5톨은 쌀하고 같이 안치고 나머
지는 생밤으로 먹었다.〔내 어린 시절 살던 동해안 고향집에는 밤나
무가 가득해 가을이면 알밤 줍는 즐거움이 가득했었다.〕

#

텃밭에서 가지를 땄다. 껍질 부위가 갈색으로 변하는 차먼지응애
가 여름 내내 줄곧 발생했다. 보기 흉하지만 도려내고 가지무침 해
먹으면 밖에서 사다 먹는 가지와는 차원이 다른 맛이 났다. 늘 그랬

다.〔벌레도 안 먹는 농작물 누가 먹지. 벌레 먹어 보기 안 좋은 채소가 좋은 채소라고 아무리 얘기해줘도 막상 가게 앞에 서면…〕

\#

오후 내내 망령들이 기승을 부리려 해 괴로웠다. 내 마음을 내 맘대로 할 수 있느냐 없느냐 이것이 문제로다.

\#

저녁 무렵 오빈리 들판을 걸었다. 이곳 토박이 농부 한 분과 들녘에 서서 이 들녘의 내력에 대해 얘기했다. 기분이 나아졌다. 내가 뛰거나 걷거나 야산으로 쏘다니는 걸 여러 번 봤다고 농부가 말했다.

내게 상처 준 너를
못 잊는 밤이 있다

내가 상처 준 너를
못 잊는 밤도 있다

아침 식단: 햇밤 넣은 밤밥, 부춧국, 배추김치, 풋고추, 조기구이, 방울 토마토, 포도

정심 식단: 쌀밥, 부춧국, 배추김치, 풋고추, 깻잎, 찐 단호박, 포도, 사과

저녁 식단: 쌀밥, 부춧국, 배추김치, 풋고추, 마늘장아찌, 조기구이

문상하러 춘천 갔다. 카페 '봉의산 가는 길'에서 형들(조성림, 노정균, 김재룡, 김창균, 한승태, 송찬욱)과 어울려 밤새 술 먹고 놀았다.

어제 놀던 형들과 어울려 밥 먹고 술 먹고 음악 들으며 대낮 내내 놀았다. 저녁때 오랜만에 후배 은경 보다. 애가 세 살이라고 했다. 중앙서적에 들러 《파도야 놀자》(이수지 그림책)를 쥐어줬다. 밤에

홍천서 양평으로 가는 버스에서 잠깐 졸았다. 눈 뜨니 서울이었다. 황당했다. 지하철 두 번 갈아타고 청량리역으로 갔더니 기차가 끊겼다. 5만원 주고 택시 타고 집으로 왔다. 아무리 술에 곯아떨어져도 이런 일이 없었는데….

2 1 일   월 요 일

비가 내리고 있었다. 가을비가 내리고 있었다. 집 안에 가만히 있었다.

2 2 일   화 요 일

나흘 만에 언덕배기 밭에 갔다. 뱀이 두 번이나 눈앞에서 사라졌다. 호박, 고추, 깻잎을 땄다. 배추와 무 밭에 거름 줬다. 뜨락의 국화가 피기 직전이었고 텃밭에 심은 가을 상추를 뜯기 시작했다.

2 3 일   수 요 일

쓰레기들: 영화, 비디오, TV, 신문, 인터넷, 문학책들, 철학책들… 이 모든 쓰레기들 중에 우선 TV를 끌 것.

시가 내 몸을 통해 터져 나오던 날들이 있었다. 그건 오래전 일. 이젠 시를 생각하며 지내는 날보다 돈 생각하며 지내는 날들이 더 많다. 오늘은 작심하고 오전에도 시를 쓰고 오후에도 시를 썼다. 〈카드 占〉〈좋아한다는 말〉〈아름다운 사람〉 3편인데 모두 다 실패했다. 시라고 할 수 없는 물건이었다. 내일도 작정하고 시를 쓸 것이다.

뜰의 국화가 피기 시작했다.

국세청에서 "귀하께서는 2008년도에 사업장에서 소득을 지급받을 때 수입금액의 3%가 소득세로 원천징수되었으나, 정산(종합소득세 확정신고)을 하지 않아 이를 찾아가지 못하고 있었습니다"라며 몇 푼 안 되지만 소득세 환급금을 찾아가라는 통보가 왔다. 기이한 일이다. 오늘은 텃밭도 언덕배기 밭일도 접었다. 오전에도 오후에도 일하듯 작심하고 시를 썼다. 어제 썼던 〈카드 占〉이란 시를 다시 썼지만 실패했다. 〈강원도의 가을〉이란 시를 시도했지만 역시 실패했다. 〈가을〉이란 시를 썼다.

가을

몸을 내어놓고 간 여인이 있었다

눈물 두어 점 내려놓고 간 여인이 있었다

변심한 애인 마음 돌리려 찾아든 추녀가 있었다

이스탄불이라고 했던가 그리스라고 했던가

국적을 달리한 남자에게 몸을 내려놓았다는

소식이 왔었다 곧 잊었다

뜰 앞의 국화가 피기 시작했다

귀밑머리도 희어지기 시작했다

아주 가끔 네 얼굴이 내 심장 저 멀리서 올라왔지만

이제 네 소식을 묻는 자도 전하는 자도 오지 않았다

2 6 일 토 요 일

텃밭에 파종한 얼갈이배추를 처음 솎아 국 끓여 먹었다. 가을 상추도 솎아 쌈 싸 먹었다. 어제 쓰다 실패한 〈강원도의 가을〉이란 시를 다시 썼으나 역시 실패했다. 내일 비 예보가 있어 텃밭의 토마토와 방울토마토를 한 양푼 땄다. 밤에는 'EBS 국제다큐영화제' 상영작 〈아귀레, 신의 분노〉(베르너 헤어초크 감독)를 봤다. 영화 속 인간들도 질리지만 이런 영화를 만든 인간들도 나를 질리게 한다. 뜰의 국화가 노란 빛을 더한 하루였다.

\#

오전 내내 시를 썼다. 〈강원도의 가을〉을 다시 썼다. 실패했다. 〈카드 占〉을 다시 썼다. 성에 안 찼다. 〈한국의 가을〉을 썼다. 이게 시일까 의심이 들었다. 〈봉식이〉란 동시를 썼다. 손볼 데가 없어 보였다. 〈수국〉이란 시를 썼다. 소품이지만 손볼 데가 없어 보였다.

\#

오후에 마을 뒷산 참나무숲에 가서 흙을 다섯 부대 퍼왔다. 벌한테 쏘이고 모기한테 뜯겼다. 손등이 부어올랐다. 퍼온 흙으로 얼갈이배추와 상추와 쪽파에 거름 삼아 줬다. 국화 밑에도 주고 거실 화분에도 줬다.

\#

저녁에 EBS 국제다큐영화제 '2009 해외수상작특별전' 〈안데스 산맥 조난기〉를 봤다. 무슨 말이 더 필요하랴. 밤에는 EBS 국제다큐영화제 '2009 거장의 눈' 〈나의 친애하는 적〉(베르너 헤어초크 감독)을 봤다. 어제 본 〈아귀레, 신의 분노〉에서 남미의 엘도라도를 정복하러 떠난 스페인 군대의 아귀레 역을 맡은 클라우스 킨스키 (여배우 나스타샤 킨스키의 아버지)와 감독 베르너 헤어초크 간의 영화작업과 인간관계에 얽힌 애증을 실감나게 찍었다. EBS는 그나마 눈 뜨고 볼 게 있는 티브이다.

#

세계 걸작 다큐멘터리 같은 걸 보면 나는 거의 눈을 못 뗀다. 아주 가끔 걸작 다큐를 능가하는 걸작 소설이나 걸작 영화가 있을 뿐—. 다큐멘터리보다 못한 소설이나 영화를 왜 읽고 왜 봐!

28일 월요일

#

모기한테 뜯기다 오전 2시 반에 깼다. 깨자마자 팔에 달라붙는 모기부터 잡았다. 더 잠이 올 것 같지 않았다. 밀린 설거지 하고 《정본 백석시집》(고형진 엮음)을 읽었다. 백석은 봐도 봐도 미묘하고 묘한, 묘하고 미묘한 시인. 그야말로 "하늘이 사랑하는 시인"(〈촌에서 온 아이〉)이겠지만, 백석과 김수영은 내가 젤 좋아하는 우리나라 시인이다.

#

저녁때 그리스 여가수 마리아 파란두리〔존 윌리엄스 기타 연주〕
가 부르는 〈판데르미(I Pandermi)〉란 노래를 딸에게 들려줬다.

"이 노래 어때?"

"진지해요. 우울해요. 슬퍼요!"

2 9 일 화 요 일

모기한테 뜯기다 깨니 자정. 모기향 피우고 책상 앞에 앉았다. 벌
레 소리 자욱한 밤이었다. 오전에 언덕배기 밭 옆에 있는 상수리나
무(굴참나무인가?)에서 도토리를 한 됫박 주웠다. 떨어지는 도토리
한테 머리를 얻어맞는 즐거움도 있었다. 근데, 이 도토리를 어찌한
담. 오늘은 아내의 생일날이었다.

자꾸 기분이 우울해지고 울적해지려 한다. 이럴 땐 뛰는 게 약. 오빈리 들판을 뛰었다. 뛰다 보면 가끔 하나— 둘— 셋— 넷— 구령 붙이며 뛰고 싶을 때가 있다. 군대 시절의 그 지긋지긋한, 지우고 싶어도 지워지지 않는 문신 같은 유산. 제대한 지 20년이 넘었는데도 이럴진대—.

제대병

이성복

아직도 나는 지나가는 해군 찝차를 보면 경례! 붙이고 싶어진다
그런 날에는 페루를 향해 죽으러 가는 새들의 날개의 아픔을
나는 느낀다 그렇다, 무덤 위에 할미꽃 피듯이 내 기억 속에
송이버섯 돋는 날이 있다 그런 날이면 내 아는 사람이
죽었다는 소식이 오기도 한다 순지가 죽었대, 순지가!
그러면 나도 나직이 중얼거린다 순, 지, 는, 죽, 었, 다

10월

할아버지가 부려먹었다
아버지가 부려먹었다
첫째 아들이 부려먹었다
둘째 아들이 부려먹었다
첫째 며느리가 부려먹었다
둘째 며느리가 부려먹었다
첫째 손자가 부려먹었다
둘째 손녀가 부려먹었다

밥 번다는 이유로
평생 싼값에 부려먹었다

회초리같이 가느다란 사람,
암에 걸려 수술대 위에 걸려 있다

딸아이 보고 "너, 공부 열심히 해라" 나는 그런 말 못하겠더라. 나도 공부(학교)하기 싫어했는데 내 자식 보고 학교 공부 열심히 하라고 하면 웃기지. 한국의 학교 교육, 그게 어디 교육인가. 사육이지. '나(너)는 이 세상에 즐겁게 살(놀)러 왔지 쎄가 빠지게 일(공부)하러 온 게 아니다.'

노예의 한 예: "내 자식이 ××대학교만 들어가면 나는 뭐든 할 수 있다."

나는 집에 남아 달을 보고 아내와 규은이는 추석 쇠러 강릉에 갔다.

추석. 언덕배기 밭에서 고구마를 조금 캤다. 첫 수확. 이 기분 누가 알까. 집으로 오는 길에 어떤 할머니가 아예 퍼질러 앉아 콩을 까고 계시기에 "이게, 무슨 콩이에요?" 물었더니 "콩이 아니고 팥이에요!" 한다. 흐흐흐. "알이 검지요?" 했더니 "붉어요!" 한다. 으— 이런!

추석 쇠러 강릉 갔던 아내와 딸이 저녁때 왔다. 뒤이어 남동생 용철, 제수씨, 조카 성은·성주가 왔다. 햇고구마 바로 쪄서 먹으니 다들 감탄했다. 그 고소하고 달콤한 맛이 깔끔하기까지 하니 몸이 좋아했다. 얼갈이배춧국 끓여 어머님이 보내주신 도토리묵 무쳐 저녁 먹었다. 추석달이 환했다. 밤에 여우 오줌처럼 빗방울이 몇 점 땅에 묻었다. 아우와 술도 한잔 안 하고 그냥 잤다.

아우, 아침에 인천 집으로 출발했다. 다섯 살배기 조카 성주가 같이 가자고 내 허벅지를 잡아끌었다. 고 녀석 참! 고구마, 생밤, 호박, 가지, 얼갈이배추, 고추 실어 보냈다. 오후에 오빈리 10만 평 황금빛 들녘을 걸었다. 메뚜기도 심심찮게 뛰었다. 뛰지 말고 걷고 싶은 날씨였다. 오빈저수지 둑방의 억새가 바람을 견디며 한쪽으로 얼굴을 돌리고 있었다. 천지사방이 그윽한 빛의 잔치였다. 빛이 물들고 있었다. 살았고 살고 있고 살 것이다. 그리고 멸할 것이다. 저녁에 동쪽 산마루 위로 솟아오르는 보름달을 옥상에서 지켜봤다.

\#

새벽 6시 오빈리 들판을 걸었다. 쌀쌀했다. 오빈저수지에 물안개가 자욱했다.

\#

오후에 딸과 함께 언덕배기 밭에서 고구마를 캤다.

\#

규은이가 추석날부터 육회를 먹고 싶어 했다. 저녁에 아내가 인근 한우점 '당너머'에서 육회를 사왔다. 잘 먹어서 내가 놀랐다.

\#

한 4~5년 만에 주디 콜린스가 부르는 〈Turn, Turn, Turn〉을 들었다. 일본 여가수 후지타 에미(藤田惠美)가 부르는 〈First of May〉는 이상하리만치 성적 흥분을 불러일으켰다. 연보를 보니 후지타 에미는 나와 같은 1963년생 동갑내기.

어제 캔 고구마를 강릉 어머님과 서울 형님께 우체국 택배로 부쳤다. 고구마 캐는 즐거움, 캔 고구마 부치는 즐거움, 햇고구마 쪄 먹는 즐거움, 늦가을날 텃밭에서 군고구마 먹을 즐거움…

오빈리 들판과 마을 안쪽 길을 걸었다. 요즘은 뛰지 않고 걷는다. 그게 이 가을 햇살과 가을바람과 가을 억새와 더 잘 어울릴 게다. 오빈저수지 둑방에는 억새꽃이 한창이었다. 억새는 말하자면 '억센 풀'인데 가을 햇살과 가을바람 속에 휘날리는 억새는 억센 느낌이 아니라 연한 느낌을 줬다. 그 풍화하는 억새 뒤로 10만 평의 황금빛 들판이 내 눈과 심장에 감동과 쾌락을 줬다.

오전 3시에 깼다. 아내가 먼저 깨 그 시간에 대학원 숙제를 하고 있었다. 밀린 설거지 하고 결명자 넣고 물 끓였다. 그리고 《논어》

읽었다.

知之爲知之 不知爲不知 是知也

아는 것을 안다 하고 모르는 것을 모른다 하는 것, 이것이 아는 것이다

一위정(爲政)

오전에는 도토리 줍고 오후에는 고구마 캤다. 저녁 일찍 곯아떨
어져 밤 11시에 깼다. 침 흘리고 있었다.

8 일   목 요 일

오전 9시부터 오후 3시까지 언덕배기 밭 고구마 모두 캤다. 지면
(紙面)보다 지면(地面)을 대하는 시간이 더 많았고 의자 위에 있는
시간보다 흙 위에 있는 시간이 더 많은 날들이었다.

9 일   금 요 일

어제 캔 고구마를 손질하니 모두 7박스였다. 그동안 모은 도토리
도 한 말쯤 됐다. 알밤도 한 됫박 남았다. 떨어지는 도토리한테 얻
어맞으며 도토리 줍던 날들이 가고 있다. 알밤을 줍던 날들 역시 가

고 있다. 용문산 백운봉 꼭대기에는 단풍 빛이 와 있다. 《르몽드 디플로마티크 한국판 10월호》가 왔다. 마르크스 경제학자 김수행 교수의 인터뷰 기사를 우선 읽었다. 그를 인터뷰한 책 《김수행, 자본론으로 한국 경제를 말하다》와 그의 저서 《새로운 사회를 위한 경제 이야기》를 봐야겠다. 지난 추석 때 들른 아우(용철)를 통해 주문한 CD가 왔다.

《Maria Farandouri—A Tribute to the Greek Songs Heritage》

《16Hellenic Stories & The Misirlou》

《Maria Farantouri—17Songs》

아침 안개가 자욱했다. 오빈저수지에는 물안개까지 더해 몽환적이었다. 언덕배기 밭에 가서 단호박 1개 따고 처음으로 단감 3개를 맛보기로 땄다. 도토리와 알밤도 조금 주웠다. 오는 길에 칡잎 뜯어 최낙현 어르신 토끼장에 넣어줬다. 추수 끝난 논도 눈에 띄기 시작했다. 가을날이었다. 빛이 물드는 가을날이었다.

의문: 노동자와 소비자 없이는 자본주의란 게 말짱 꽝인데 왜 노동자와 소비자가 주도권을 쥐지 못하고 주인 행세를 못하고 가진 10%에게 노동력이나 제공하는 90% 노예들로 살까. 왜? 왜? 왜?

하루 종일 머리가 개운하지 않았다. 수시로 화가 끓었다. 산책을 해도 영 나아지지 않았다. 화병(火病) 앞에서 나는 무력했다. 마음의 상처는 언제 길길이 날뛸지 알 수 없고 한 손아귀에 넣고 주무르듯 제압할 수도 없으니….

지난밤 11시에 깼다. 화가 다시 일어나 앉기 시작했다. 화를 멀리하려 안간힘을 다해 〈내가 신이라면〉이란 시를 썼다. 시가 아니라 산문 같았다. 〈인간의 기억〉이란 시를 썼다. 제목을 〈피와 칼〉이라고 붙일지 〈나와 너〉라고 할지 더 지켜보기로 했다.

인간의 기억

나는 남자로 살고
너는 여자로 산다

나는 백인으로 살고
너는 흑인으로 산다

나는 내국인으로 살고
너는 외국인으로 산다

이 절대 앞에서
이 절대 불변 앞에서

나는 기독교도로 살고
너는 이교도로 산다

나는 우파로 살고
너는 좌파로 산다

이 피바람 앞에서

이 칼바람 앞에서

나는 부자로 살고

너는 빈자로 산다

나는 정규적으로 살고

너는 비정규적으로 산다

묻지 않을 수 없다

우리가 언제 인간으로 산 적이 있었던가!

1 5 일 목 요 일

어릴 적 고향집 모과나무는 이 가을 어떻게 됐을까.

1 7 일 토 요 일

강원도 양구에 있는 국토정중앙천문대에 갔다. 가을이 한창이었
다. 양구에서 일박.

춘천에서 일박.

아침에 오빈리로 왔다. 하루 종일 누워 있었다. 강풍이 불었다.

옅은 황사가 왔다. 오빈리 들판을 조금 걷다 그만뒀다. 언덕배기 밭에 가서 늙은 호박을 땄다. 그동안 모아 껍질 까던 도토리를 이웃 집 아주머니께 몽땅 드렸다. 홀가분했다. 주문한 책과 CD가 왔다.

《두보시선》(김의정 옮김)

《Maria Del Mar Bonet / Primeres Cancons》

《John Williams—Maria Farandouri Songs & Guitar Pieces By Theodorakis》

어제 어머님이 서울 형님 댁에서 일산 여동생 집으로 갔다. 우체
국 택배로 총각무, 배추, 얼갈이배추, 상추, 고구마, 애호박 보냈다.
오후에 오빈리 들판을 걸었다. 며칠 사이 절반 이상 추수가 끝났다.
하얀 억새꽃이 오빈저수지 둑방에서 힘껏 바람을 모아 저수지 쪽으
로 보내고 있었다. 나는 둑방에 서서 바람이 오는 들판 쪽으로 얼굴
을 들고 바람을 맞았다. 한순간이었지만 쾌락이 돋았다.

'인간이 차마 그런 짓을 할 수 있느냐' 며 목 놓아 우는 인간들 곁
에서 '인간이 못할 짓이 뭐가 있겠는가' 란 표정의 인간들이 한 식
탁에서 밥 먹고 한 침대에서 살을 부빈다.

아침부터 우는 소리가 들렸다. 나가보니 이웃집 할아버지 세상
떴단다. 오늘이 발인이란다. 마을 분들이 나와 동네 어귀에서 가는
길을 배웅했다. 그가 살던 집 뒤편 감나무에는 연시를 파먹느라 까
치와 까마귀들이 분주했다. 그 할아버지 집 아래 파란함석지붕집

마당의 꽃사과는 붉은 열매를 잎보다 더 많이 매달고 있었고 오빈리 일대 상수리나무 활엽은 물든 잎이 물들지 않은 잎보다 넓었다. 가을은 짧다. 가을이 짧겠다. 가을은 늘 짧았었다. 나는 이 가을이 조금이라도 더 늦게까지 머물렀으면 하지만 자연은 인간의 원 같은 걸 듣지 못하고 보지 못한다.

시를 쓰네, 글을 쓰네 하고 살았지만 나는 지금까지 한 번도 미쳐 보지 못했다. 미쳐서 글을 쓰지도 못했고 미칠 지경이 되도록 쓰지 도 못했다. ˙

잠에서 깨니 허리가 안 좋았다. 7년 전 이맘때쯤 허리가 뒤틀려 한 발바닥이 지면에 닿지 않아 차렷 자세를 할 수가 없었다. 그때 의사는 걷는 거보다 뛰는 게 내 허리 건강에 더 좋다고 했다. 이달 들어 뛴 날이 없다. 벼 수확 하는 오빈리 들판(농로)을 뛰는 게 멋쩍 기도 하고 경망스럽다는 생각이 들었다. 그러고 보니 걷는 것도 양 과 질이 별거 없었다. 오늘은 10월 들어 처음으로 뛰었다. 오빈리 들판 가장 낮은 쪽 끄트머리를 중앙선 기차가 지나가는데 무궁화호는 대개 7량을 달고 달린다. 오늘은 12량을 달았다. 단풍철은 단풍철인가 보다. 오후에 언덕배기 밭에 가서 무를 뽑아 왔다. 아내가 총각김치를 담그며 흡족한 표정을 지었다. 깎아 먹는 무에선 어릴 적 먹던 맛과 향이 났다.

2 6 일 월 요 일

새벽 안개. 6시 30분 오빈리 들판을 뛰었다. 물안개 자욱한 오빈 저수지에서는 물고기가 뛰었다. 추수가 거의 끝났다. 얼갈이배춧국 끓이고 시금치 무쳐 어제 담근 총각김치와 상추쌈 해서 아침 먹었다. 텃밭에서 방울토마토를 한 그릇 땄다. 끝물이지만 아직도 주렁주렁 달려 있다. 지난봄 방울토마토를 8주 심어 지금껏 따 먹고 있으니 호사도 이런 호사가 없다. 거실에 있는 벤자민 화분 밖으로 내물 샤워, 햇빛 샤워시켰다. 점심때 누가 현관문을 두드리기에 나가 보니 지난주 이웃집 아주머니께 드렸던 도토리가 도토리묵이 되어 눈앞에 와 있었다. "내년에도 주워주면 좋겠다"고 하시기에 "말려서 껍질 까는 건 못하겠고 주워드릴 순 있어요" 했다. 순수 도토리묵은 탱글탱글 탄력이 있어 쉬이 부서지거나 끊어지지 않는다. 그러니까 지금껏 저잣거리에서 사 먹은 도토리묵은 대부분 무늬만 도토리묵이었던 셈이다. 오후에는 어제 총각김치 담그고 남은 양념이 있어 언덕배기 밭에서 뽑은 무와 배추로 김치를 더 담갔다. 일산 여동생 집에 가 계시던 어머님이 조카 봐주러 인천 남동생 집에 가 계신 걸 오늘 전화통화 하면서 알았다. 조카가 다니는 초등학교가 신종플루로 휴교했단다. 10년 전 내가 아내와 맞벌이할 때도 어머님은 내 딸을 반 년간 보살폈다. 그 후엔 형님 딸 재은이를 보살폈고… 대한민국의 그 숱한 원죄들(어머니들)! 내가 쓴 시 중에 〈어머니〉란 시를 언급한 사람이 여럿 있었다. 그 이유를 알 것 같다.

어머니

할아버지가 부려먹었다

아버지가 부려먹었다

첫째 아들이 부려먹었다

둘째 아들이 부려먹었다

첫째 며느리가 부려먹었다

둘째 며느리가 부려먹었다

첫째 손자가 부려먹었다

둘째 손녀가 부려먹었다

밥 번다는 이유로

평생 싼값에 부려먹었다

회초리같이 가느다란 사람,

암에 걸려 수술대 위에 걸려 있다

밤 2시에 잠들었다 새벽 5시에 깼다. 두보의 시를 읽었다. 두보의 시를 읽으면 그가 '일생 근심하였다'는 인간이라는 것을 알겠고 그가 '시를 쓰는 인간'이라는 것을 다시 알겠다. 저녁에 《Marian Anderson—The Lady from Philadelphia》를 들었다.

시인 두보는 〈춘망(春望)〉이란 시에서 "나라는 깨져도 산하는 그대로(國破山河在)"라 했지만 나의 대한민국은 나라도 깨졌고 산하도 작살났거나 더 작살나고 있다. 이렇게 말하긴 싫지만 오늘날 인간은 만물의 그 무엇도 아닌 만물의 쓰레기다.

오빈리 일대 은행나무 잎사귀가 황금 잎사귀로 물들고 있었다.
어깨를 치며 잎이 져내리고 있었다. 딸아이 피 묻은 속옷 빨았다.
어머님께 늙은 호박, 단호박, 호박말랭이, 고구마, 마늘, 쪽파, 시금
치, 상추, 얼갈이배추, 풋고추, 고추잎사귀 보냈다.

나는 한시도 가만있지 못하고 끝없이 동요하는 내면의 소유자다.
내면을 평정할 수 있을까. 내면을 평정한 목소리를 시로 들려줄 수
있을까.

주문한 책과 CD가 왔다.

《고뇌의 원근법》(서경식)

《기적의 사과》(이시카와 다쿠지)

《김수행, 자본론으로 한국 경제를 말하다》

《뷔히너 문학전집》

《입화시선》

《자발적 복종》(에티엔느 드 라 보에티)

《Songs at Eventide/ Marian Anderson》

《Songs of An Other/ Savina Yannatou》

《Camomile Best Audio/ 후지타 에미》

《저녁강》(김두수 6집)

　비가 왔다. 춘천서 승태가 왔다. 승태 차로 옥천-유명산-설악-
서울춘천고속도로-강촌-의암호-춘천댐-말고개-신포리(화천)
로 갔다. 시간 약속 때문에 내가 가고 싶었던 코스를 포기했다. 신
포중학교에 계신 조성림 시인을 만났다. 여름부터 약속했던 일. 신
포중학교는 북한강 가에 자리하고 있어 풍광이 매우 아름다웠다.
교정에 있는 은행나무는 창자가 감격할 정도로 잎이 고왔다. 비 내
리는 가을강을 보며 토종닭 백숙 해서 소주 먹었다. 엄나무 나물도
좋았다. 행복하지 못할 이유가 뭔가— 그런 생각이 밀려든 비 내리
는 가을날이었다. 춘천서 일박.

11월

이달 초 들이닥친 첫추위 때 오빈리 일대 활엽은 대개 가을빛을 놓았었다.
어제 내린 비는 그 매가리 없던 풍경에 힘을 실어줬다.
힘을 얻은 11월의 산하는 내 눈에 움직이는 고요를 선사했다.
오빈리 일대를 1시간 30분 걸었다. 희열이 따라왔다.
오빈저수지 둑방에 서서 천지사방을 음료처럼 들이마신 하루였다.
이 산하가 나를 격려할 리 만무하지만 이 산하가 나를 격려한다고 받아들인 하루였다.

빗속에 오빈리로 왔다. 춘천서 버스 타고 홍천으로 가서 다시 버스 갈아타고 왔다.

#

첫 추위가 왔다. 뒷집 박씨네 뒤뜰의 기골이 장대한 은행나무는 아침에 황금빛이 절정이었다. 저녁에 다시 보니 이미 많은 잎이 무너져 있었다.

#

전화요금이 미납되자 빚 독촉하듯 천박하고 쌀쌀맞게 녹음된 음성 전화가 전화국에서 왔다. 전화국에 전화해서 "한 번만 더 기분 나쁘게 독촉 전화하면 인터넷이고 일반전화고 다 끊겠다"고 했다.

\#

오빈리 들판을 뛰었다. 심란한 기분을 떨치려 애를 썼다.

\#

김두수 6집 앨범 《저녁강》을 저녁에 들었다. 명반이다. 김두수란 이름을 처음 들었던 건 1988~1989년에 걸쳐 있던 겨울 어느 날 강릉의 한 지하 카페에서였다. 텁텁하게 생긴 주인은 내게 "김두수 음악 들어봤어요?" 했고 나는 "아니, 몰라요" 그랬던 것 같다. 그의 2집 앨범 《약속의 땅》(1988)을 1989년 춘천 생활 때 카세트테이프로 자주 들었다. 그의 3집 앨범 《보헤미안》(1991)은 서울 생활 때 LP로 들었다. 1995년 무렵부터 10여 년 김두수를 거의 잊고 살았다. 그러다 몇 년 전 인터넷에서 2002년에 발매된 4집 앨범 《자유혼》이 있는 걸 알았다. 명반이었다. 놀랍게도 그의 음악은 갈수록 깊이를 더하고 있었다.

3 일   화 요 일

치밀어 오르는 화를 다스리지 못해 엉망진창인 하루였다. 나여! 나여! 나여!

문학 행사뿐 아니라 행사장 근처에도 가지 말 것. 똥탕 튀기는 행사용 인간들이 어딜 가나 빠글빠글하다. 책상 위에서 투쟁할 것. 주둥아리가 아니라 글로 투쟁할 것.

규은이 이마에 미열이 있고 목이 아파 학교 대신 병원부터 갔다. 감기 증상인데 신종플루도 배제할 수 없으니 약 처방 받고 일주일간 집에서 쉬기로 했다. 약 먹고 30분쯤 지나 속이 안 좋았던지 아침밥까지 전부 토했다. 그걸 지켜보던 내 속에서 불이 끓었다.

오빈리 들판을 뛰었다. 오빈저수지에 낚시꾼이 한 명도 없었다. 추수 끝난 들판으로 새들이 오고 있었다.

미치지는 말고, 미칠 지경으로, 반미치광이 상태로, 완전히 돌아 버리지는 말고, 완전히 맛이 가지는 말고, 반미치광이 상태로….

나무와 나

한 세월 나무는 나의 생활과 같았다

나무는 나의 깊이였으며 나의 높이였다

나무를 좋아하게 된 계기 같은 건 없었다

거기에 네가 있었을 뿐이다

너가 순전히 좋아서 사랑하게 되자

끼니처럼 너를 찾게 되었다

너를 사랑하는 일이

나의 일상이 되었다

하지만 온통 나무 생각으로 헐벗고 행복했던 날들은

이제 내 곁에 없다

너를 좋아하던 사람은

다른 사람에게 갔고

눈물을 떨구듯 잎을 떨구던

날들 역시 지나가고 없다

대신 그 자리에 차별과 편견, 불신과 분노 같은 게 들어와

여러 날 머물렀다 겨우 물러나곤 한다

인간처럼

뜨겁고 쓸쓸한 나무도 없을 테지만…

내 속에 너무 많은 인간이 들어와 있다

그게 나를 망치고 있다

한 세월 나무는 나의 추억과 같았다

나는 나무의 깊이였으며 나무의 높이였다

\#

  EBS 세계의 명화 〈심플 플랜〉(샘 레이미 감독)을 봤다. 코언 감
독의 〈파고〉처럼 맘에 들었다. 문학이든 영화든 미술이든 인간의

'양면성' (인간성)을 잘 표현한 작품에 자꾸 마음이 간다. 오전 3시 경 창밖이 번쩍거리더니 천둥 치고 비가 내리기 시작했다. 가을밤 빗소리─. 창문을 열고 잠시 빗소리를 들었다.

#

개가 되느냐, 인간이 되느냐? 인간은 죽을 때까지 이 질문 앞에 놓여 있다.

#

너를 놓아주며 나를 놓아준다.

#

과거는 어처구니없게도 반복된다. 끔찍하다.

#

올해는 내가 좋아하던 한 사람이 세상을 접었다. 그 사이 세상은 졸렬하다 못해 치사했다. 무슨 소릴! 세상은 원래 그런 곳이었다. 그래도 입으로 자꾸 욕이 올라왔고 들어줄 사람이 없어 허공을 더 럽혀야 했다.

#

밥하고 빨래하고 설거지하고 방 닦고… 여하튼 손에 물 묻히는 거 하지 말고 누가 해주는 밥 먹으면서 글 같은 거 읽지도 쓰지도 말며 서너 달 어디 처박혀 탱자탱자 지내봤으면 좋겠다.

#

빗속을 걸었다. 따지 않은 감들이 주렁주렁 매달려 있었고 오미자며 꽃사과며 산수유 빨간 열매가 그대로 매달려 있었다. 이번 가을은 가을빛이 한순간 바랬다. 밤부터 내린 비가 11월 산하에 힘을 줬다. 풍경에 빛이 돌기 시작했다.

#

양미리와 도루묵의 계절이 돌아왔다. 곧 영(嶺)을 넘어야겠다. 대관령, 한계령, 미시령, 진부령 중 진부령을 넘을 것이다. 화진포에도 갈 것이다.

#

삶의 그 어떤 화려하고 빛나는 형식일지라도 조용히 눈 내리는 밤보다는 나중의 일이다.

　이달 초 들이닥친 첫추위 때 오빈리 일대 활엽은 대개 가을빛을 놓았었다. 어제 내린 비는 그 매가리 없던 풍경에 힘을 실어줬다. 힘을 얻은 11월의 산하는 내 눈에 움직이는 고요를 선사했다. 오빈리 일대를 1시간 30분 걸었다. 희열이 따라왔다. 오빈저수지 둑방에 서서 천지사방을 음료처럼 들이마신 하루였다. 이 산하가 나를 격려할 리 만무하지만 이 산하가 나를 격려한다고 받아들인 하루였다.

이 가을
술 고프다

이 가을
말 고프다

이 가을
피 고프다

빛이

물드는

이 가을

인간이 고프다